ハヤカワ文庫 SF
〈SF1763〉

宇宙英雄ローダン・シリーズ〈380〉

拠点惑星への使節

クルト・マール&エルンスト・ヴルチェク
渡辺広佐訳

PERRY RHODAN

EISWÜSTE ALASKA

KAMPF DER DIPLOMATEN

by

Kurt Mahr

Ernst Vlcek

Translated by

Hirosuke Watanabe

First published 2010 in Japan by

HAYAKAWA PUBLISHING, INC.

This book is published in Japan by

arrangement with

PABEL-MOEWIG VERLAG GMBH

through JAPAN UNI AGENCY, INC., TOKYO.

目次

拠点惑星への使節

氷原アラスカ

クルト・マール

登場人物

ワリク・カウク……………………………紡績会社の重役
ブラフ・ポラード…………………………学生
ボールドウィン・ティングマー………技師
アウグストゥス……………………………K＝2ロボット

プロローグ

荒れくるう嵐の音が聞こえる。痛む頭の奥で、コントロールできないメカニズムが生じていた。くりかえし同じことを考える。

思いださなければ……！

そうだ……思いださなければ。名前は……？

ワリク・カウク。

それはいったい、だれだ……？

痛みを感じながら懸命に記憶の断片をひろいあつめ、つなぎあわせる。だれなのかわかった……自分自身だ。強固な意識がそれを思いださせた。休むまもなく、失神状態の暗闇から現実にもどる。

これが現実なのか……？

目を開けたワリク・カウクは愕然とした。完璧な闇。目が見えなくなったか。だが、からだの下になっている腕をひきぬくと、手首につけたクロノグラフの蛍光文字がわかる。つまり、見えないのではなくあたりが真っ暗ということ。エネルギー供給がダウンしたのだろう。現実をうけいれはじめたとはいえ、腑に落ちない。これまでエネルギー供給がダウンしたことなどないのだから。

もう一度クロノグラフの蛍光文字に目をやる。血が凍るような恐怖をおぼえた。

三五八二年一月十二日……

なにか変だ！　日付をはっきりとおぼえていない。記憶が不完全なのだ。気を失うすこし前に起きたことを思いだすのがむずかしい。

自分で〝意識消失のはじまり〟と名づけたそのとき、なにが起きたのか正確にはわからない。それでも、無理にも記憶をたどり、かくれた情報を明らかにしようとする。

あれは三五八一年九月二日だった……

地球は〝喉〟への落下を目前にしていた。昼も夜も〝喉〟のエネルギーの尾が天空でめらめらと燃え、魅了される者もいれば、狂わんばかりの者もいた。〝ピル〟の恩恵をうけいれた者は魅せられ、拒否した頑固なアフィリカーは半狂乱だった。いずれにせよ、間近に迫ったカタストロフィを前に、恐怖のあまり、なすすべはなかったが。

ノーム……

自分がノームからきたことを思いだした。紡績会社で重役のポストについている……いや、〝ついていた〟というべきかもしれない。キグルアイク山脈の麓に狩猟小屋を持っている。九月一日、オフィスを出て小屋に向かった。〝ピル〟のストックは大量にあった。三五八一年八月以降、常習的に服用していたのだ。薬があれば理性的な人間になれると考えて。

しかし、たぶん九月の一日か二日、平静さを失ってしまい、ストックしてあった〝ピル〟をぜんぶ一度にのんだ……二十錠以上、おそらく三十錠ほど。うっとりした至福のときが訪れ……ついには記憶がとだえた。

ワリク・カウクはしずかに横たわり、嵐の咆哮《ほうこう》に耳をすませる。

四カ月半か、とぼんやりと考えた。このあいだになにが起きたのだろう……？

＊

ブラフ・ポラードは脚に鋭い痛みを感じてわれに返った。跳びあがり、悲鳴をあげる。目の前の暗闇に多数の〝点〟が燃えていた。おのれの悲鳴がけたたましく悲しげに反響する。かきむしり、こすり、あえぐような物音が聞こえた。やがてそれも遠ざかり、完璧な静寂が訪れる。

凍えるような寒さだ。どこにいるのかわからない。からだじゅうが打ちくだかれたように感じ、苦労して身を起こす。

冬がきたのだ……そうひらめいたが、すぐにその考えをしりぞける。きのう、長い夏休み明けの最初のテレビ授業をうけたではないか。いつもどおり授業はあった。まるで、地球がとほうもない速度で大カタストロフィに向かっている事実などないかのように。スクリーンから話しかけてくる教師の言葉が耳にまだのこる。

「われわれ、純粋理性の教えに助けられ、不気味なものが向かってきても耐えぬけるだろう……」

こんなぐあいだった。曖昧なことが多いなか、ひとつだけたしかなのは、自分はまだ生きている。

両手であたりを触ってみた。両サイドとしゃがみこんでいる地面に、ざらざらした石の手触りを感じる。前後にはなにもない。

そのとき、授業が終わってからパイオニア・センターに向かったのを思いだした。そこでは午後、自分のような若者に対する純粋理性教育の追加トレーニングがある。センターは郊外の幹線道路ぞいだ。道路下には歩行者用トンネルが通っている。

石の壁、ざらざらした地面……ここはそのトンネルだ！　いつもは明るく照らされている。照明はどうなった？　恐ろしさに立ちあがる。突然、気づいたのだ。数年来のトレーニングで純粋理性の見解を会得《えとく》してきたが、暗闇で動く危険な相手に対してどう行動したらいいのかは教わっていない！　燃えるような目をし、脚に嚙みついてくる相手に。

寮が恋しい。おかしな気分だ。千人ほどの若者たちと暮らしてきたが、これまでは食事をとったり寝たりする場所と考えるだけだったのに。

ブラフ・ポラードは動きだした。なにかが起きたというのはわかる。トンネルの出口で方角をたしかめ、歩行者を地表へ運ぶ搬送ベルトがあるはずのところへ向かった。ベルトの幅広い表面に足が触れる。だが、動いていない。

はるか頭上から、うなり声のような低く大きく響く音が聞こえ、ますます恐くなった。寒さが身にしみる。ここから外へ向かえば空が見えるはず……ようやく道に出た。これで満足に歩ける。

ところが、空は真っ暗だった。

＊

ボールドウィン・ティングマーはカタストロフィに見舞われた……たぶん。だが、肉体的にも精神的にもダメージは大きくない。地球が〝喉〟に突入する瞬間が近づいたと思われるとき、ティン・シティの町はずれ数キロメートルにある小屋にいた。政府の依頼により、アラスカで地球重力場の異常を計測することになっていたのだ。設備はととのっている。数カ月前から〝ピル〟を服用し、アフィリーと永遠に縁を切ったため、良心の命ずるまま任務にはげんできた。契約どおりに計測・記録を実施。そのうえで〝喉〟への墜落に対し、精神的な心がまえもしていた。

念をいれ、すこし前に〝ピル〟をもうひと握り摂取した。二十錠あまりか。ほぼ同量のストックものこしてある。遷移で命があれば、薬がまた必要になるだろう。

決定的な瞬間、意識を失っていたにちがいない。天空の荒々しい炎はおぼえている……そしていきなり暗くなった。光をはなち燃えあがる空がこの暗闇に変わるあいだに、どうやら時間経過があったらしい。小屋に設置された機器のおかげで、それはなんなく確認できた。説明はできないが、四カ月半がすぎたのだ。ティングマーはあれこれ悩まず、あたりを調べはじめた。

まず気づいたのは、天候が不順になったこと。外では人類が数千年も体験したことのないような嵐が吹きあれている。気象制御局が機能停止したにちがいない。小屋はまだ暖かく、照明もついている。自家発電装置が作動したのだろう。明かりも暖房も公共供給網からのエネルギーをうけていないようだ。映像装置のスイッチをいれてもスクリーンが反応しない。

外が暗いのは厄介だ。冬がきたのである。北極圏に近い地域では、太陽が地平線より上に姿をあらわさない。

太陽。ティングマーは力なく考えた。違う、メダイロンだ。太陽ではなく……だが、そんなことを考えてもしかたがない。ほんものの太陽であるソルを拝んだこともないのだから。〝ピル〟を摂取するようになってから、好奇心……あるいはそれ以上の、あこがれにも似た感情が芽生えた。この惑星は本来の太陽の輝きのもとではどうなるのだろう。

通信装置を非常用電力に接続し、外界とのコンタクトをはかる。なんの応答もない。〝喉〟をぬける遷移により、気象制御が停止する以上の深く進行する変化をもたらしたにちがいない。

ここを出よう。

ティン・シティとその周辺は、気象制御が機能していても温暖な地域ではない。そのため、ボールドウィン・ティングマーは耐寒服を持っていた。暖房機能つき特殊作業服を着用して小屋を出る。付属するちいさなガレージにグライダーを格納してあるが、小屋の扉を開けたとたん、そこまで行くのは困難だとわかった。頭の高さを超える雪が積もっている。ティングマーの身長は一メートル九十センチ。扉周辺の雪をシャベルでどけるのが精いっぱいだ。グライダーは断念し、スキーを履く。去年の冬は雪におおわれたベアード山脈でクロスカントリーを楽しんだものだが。降りつもった雪の上に這いあがり、西から吹きあれる暴風に飛ばされないよう踏んばる。

並はずれた体力と困難に立ち向かう能力のおかげで、ブリザードの餌食にならずにすみそうだ。吹きつける大雪と粘り強く戦いつづけ、ようやく世界をおおいつくす白い絨毯をぬける。瘤《こぶ》のような奇妙なかたちをした丘が見えてきた。ティン・シティの町なみだ。

位置をたしかめる。このちいさな町をだれよりもよく知っているはずなのに、容易にはわからない。ハムリーズ・バーを見つけ、入口を探して雪を掘った。ドアはかんたんに開いたが、なかは真っ暗で寒い。携帯していたランプで周囲を照らしてみる。バーをふくめたどの部屋も無人だ。床、カウンター、デスク、椅子には指の太さほど埃が積もっている。数カ月前からだれもいないのだろう。

だが、ティングマーは知っている。かなりの人間がハムリーズ・バーで〝墜落の瞬間〟を迎えようとかたく決めていた。人々がその決心を守ったことはカウンターの状況から明らかだ。ひっくりかえったコップ、干からびた染み、軽食の食べのこし。ハムリーズ・バーは旧式の居酒屋で、ロボットも自動サーボ装置もない。

墜落の瞬間をハムリーズ・バーで迎えた人々は全員、シュプールをのこさず去った。遷移の影響が予想をはるかにしのぐものだったということ。

気象制御が停止し、通信装置が機能しなくなっただけではない。大勢の人々が、跡形もなく消えうせたのだ。

ボールドウィン・ティングマーはそこまで考えると、カウンターのなかにはいる。アルコールをもとめて……

1

ワリク・カウクはビジネスマンとしての実践と経験にもとづき、自分がおかれた不可解な状況を体系づけることにした。まず、外の暗さを確認。これは季節のせいだ。恒星メダイロンが地平線上に顔を出すのはあと数日先だろう。狩猟小屋の非常用電力が機能したおかげで、地域の供給網がダウンしても、四カ月以上も凍えずに生きのびられたのだ。とはいえ、サーモスタットがすこし低めに設定されている。設定を変え、ほどなく快適になった。照明にも問題がないし、食糧のストックも数日ぶんは充分ある。

不思議なことに、ほとんど空腹を感じない。四カ月半も意識を失っていたのだから、飢餓状態のはずだが。なぜだろう。からだのほとんどの機能を維持しエネルギーを消費する通常の失神とは異なり、ある種の仮死状態のようなものだったのだろうか？

食事で元気を回復したところで、周囲を見まわした。小屋にはラダカムの通信機がある。無作為にコードをいくつか選び、呼びかけてみた。予想どおり応答はない。〝喉〟に落下してからの地球は尋常ならざる状況にあるようだ。ラダカム接続の多くは公共エネルギー供給網に依存しているが、それが崩壊して使えなくなっている。自家発電に切りかえて連絡してくる者もいない。もちろん、そのほうがはるかにむずかしいのだが。つまり、なにもわからないということ。

現状に甘んじるしかないだろう。見当のつかないことをあれこれ悩んでも意味がない。まず最大の懸案事項は、どうやってノームにもどるかだ。ここまで乗ってきたグライダーは戸外に駐機したが、雪が一・五メートル以上は積もったはず。幌を開けたまま飛行してきたのは、恒星の光が降りそそぐ九月初旬。そのグライダーはいま、大量の雪の下、どこにあるのかわからない。まだ飛べるかどうかも疑わしい。

ほかにチャンスをもとめなければ。小屋はサーモン湖畔からそう遠くない。湖の反対側にジェンセンズ・キャンプという、商業狩猟で暮らすちいさな集落がある。ここから三十キロメートルほどか。しかし、この吹雪《ふぶき》では、またたくまに雪に埋もれて凍えてしまう。嵐がおさまるのを待つしかない。

いらだちがつのる。なにが起きたのか知りたい。地球はどうなったのだ。だが、慎重さを欠けば死の危険が待っている。それくらいは認識できた。

時間つぶしに気晴らしが必要だ。ラダカムはコミュニケーション・ポジトロニクスを内蔵している。ごく小型ではあるが高性能だ。通常のやり方では変更ができないプログラムがひとつだけ組みこまれている。カウクはそのプログラムを変更できる付属装置を持っていた。これにより、ポジトロニクスをあらたにプログラミングできる。その結果、ラダカムは公共の通信回線に接続できなくなるのだが、どのみち連絡ははいらないようだから、さほど気にならない。

作業にとりかかる。組みこまれていたプログラムを削除し、新しくプログラミングした。順列・組みあわせの生成アルゴリズムにしたがって呼びだしコードを作成し、通信機に伝える。高速ポジトロニクスだから、呼びだしコードひとつつくるのに一マイクロ秒もかからない。送信には、呼びだした相手の反応を確定するまでに、八ないし十ミリ秒待たなければならないが。

いずれにせよこの方法で、一秒ごとに、反応する可能性のある百人ちかくのラダカム加入者をそれぞれ探しだしていくのだ。接続可能な相手が見つかれば、プログラムはただちに呼びだしコード作成を中止する。

かんたんなプログラムテストにより、コード作成がまちがいなく機能するのを確認。あとは装置を作動させ、待つのみだ。ラダカムの到達距離は千キロメートル強で、アラスカ南海岸の人口密集地域全体をカバーする。

だれかまだ生存者がいるなら、まもなくつながるはず……

＊

マイクロ・ポジトロニクスが流れ作業のように呼びだしコードを作成し、通信機が接続相手を探しはじめる。そのあいだに居眠りしてしまったにちがいない。ワリク・カウクは交差させた手に頭をのせ、つくりつけベッドで横になっていた。信じがたい出来ごとがつづいたせいで、ひどく疲れたのだ。心地よい暖かさのなか、睡魔が襲ったとしても不思議ではない。

不意に跳びあがる。通信機から耳ざわりな音が鳴りひびいたのだ。ベッドからはね起きると、通信機に跳びついた。音量の自動調整スイッチをいれたとたん、騒音がしずまる。音は高まったり弱まったりしながら音声周波に変わった。すくなくとも三種類は聞こえる。

映像受信機のスイッチがはいった。あらわれた情景の異質さに啞然とする。

最初、機械ホールか、あるいは近代彫刻美術館の展示室を見ているのかと思った。かなり大きな部屋だ。奇妙なことに、壁が床と垂直ではない。壁も床も同じように外側に向かって膨らんでいる。

その壁や床に、抽象的な彫刻ではないかと思える造形物がいくつもあった。かすかに銀色に光る素材でできており、優美かつエレガント、ときとしてグロテスクでもある。そのなかに、とりわけ関心をひきつけられるオブジェがあった。床から伸び、シロアリの巣のようなかたちと表面をしている。伸びるにつれ、ポプラのように上方に枝わかれしていく。不規則ななかにも対称性を持つこの異質な造形物が、自然にできたとは思えない。

とはいえ、カウクの理解力を超えるものだが。

視線をめぐらせる。湾曲した壁に、奇妙なシンボルを発見。円に内接する十字の記号だ。十字は鮮やかに光をはなつ青、円形の縁は濃い黄色である。

身震いした。言葉でいいあらわすことのできない違和感をおぼえる。この世のものとは思えない三種類の音がゆっくりとくわわった。目前の映像は人間の作品でも地球のものでもない。別世界の構造物だ。気味悪さに寒気を感じる。

気がつくと、マイクロフォンを握りしめていた。

「ハロー……そこにだれかいるか?」

その言葉が、大きくなったりちいさくなったりする雑音に重なって不気味に響く。数秒が経過。受信装置から聞きなれない声がした。不自然なまでに高い音で、

「ハホー……ほこにだへかいふか?」

自分の声がひずんだエコーになって聞こえたのか。あるいは、異人がこちらの問いをぎごちなくくりかえしたのか。

その瞬間、映像が消えた。かわって、スクリーンに文字と数字があらわれる。接続できた呼びだしコードだ。ハードコピィ装置のスイッチをいれ、コードをフォリオに印刷。それから、キイを押してプログラムをふたたび作動させた。通信機は呼びだしコードを

次々と作成し、接続をテストする。

ワリク・カウクはベッドにもどった。熟考すべきことがいくつかある……

＊

テクノロジーに関してカウクは素人だ。ビジネスマンとしての領域は商業、つまり経済方面である。収益性や納入期限、キャッシュフローなどが専門で、ラダカムがどう機能するのかは知らない。

だが、たしかにわかることがある。奇妙な調度品をそなえ、独特なかたちをした部屋……あの映像は、通常のラダカム接続によるものではない。

ラダカム通信は複数のチャンネルを処理する。一チャンネルは電磁スペクトル周波と、ひとつかふたつの側波帯によって特定される。単一で存在するチャンネルもあれば、べつのチャンネルと多重になったものもあると聞いた。本当のところは理解できていないのだが。

通信機は異人が利用していたチャンネルを偶然に捕捉したのだ。まちがいない。あれは地球外生物で、テラ式ラダカムの加入者ではない。非現実的な音が彩る非現実的な部屋の映像を、非現実的な装置で発信してきた。ワリク・カウクはたまたま、自分が属するものとは違う世界をのぞいたわけである。

ふたたびいらだちがつのる。探るべきことはたくさんあるのに、小屋に足どめされたままだ。〝喉〟をぬけて遷移した地球が、宇宙のどれだけはなれた場所で実体化したか知りたい！　あるいは思いちがいをしているのか。ひょっとしたら、異質な出来ごとがとっくに日常化したのかもしれない。

悪魔が暗闇と嵐を呼びよせたのだ。そう考えると腹がたった。数分考えてから、ブリザードをおして小屋を出ようと決める。だが、すぐにまた考えなおした。吹雪のなかを歩くには装備が不充分だ。こんな天気では、三十キロメートル先にも行きつかずに迷子になるか、凍えてしまうだろう。

となれば、待つしかない。

不機嫌に前方を見つめていると、ふたたびスクリーンが明るくなった。さっき見た、不気味な造形物のある未知の部屋がまた出てくるのだろうか。だが、こんどスクリーンにうつったのはごくふつうの部屋で、内部はカウクの小屋と似たようなつくりだ。デスク、数脚の椅子、つくりつけベッド、多数の技術装置がある。

「おい、だれかいるのか？」驚いたカウクは大声でいう。

物音が聞こえ、人の姿が視界にはいってきた。長身で肩幅のひろい、骨ばった男だ。短い縮れ毛のがっしりした頭。グレイの目でこちらを刺すように見ている。

「だれだ？」と、見知らぬ男が聞く。

ワリク・カウクは名乗ってから、たずねた。

「そこはどこだ?」

「ティン・シティ」と、その男。「わたしはボールドウィン・ティングマー。技師だ」

ビジネスマンは地図を思いうかべた。ティン・シティは、プリンス・オブ・ウェールズ岬近傍のちいさな町で、アメリカ大陸とユーラシア大陸がもっとも接近する場所にある。

「そちらの状況はどうか?」と、カウクは問い、自分はキグルアイク山脈の麓に足どめされているとつけくわえた。

「全員、死んだ」ティングマーが陰気に答える。

「死んだ……?」と、カウクは驚いてくりかえした。

「消えた、あるいは行ってしまったというべきか。跡形もなく消えうせた……」

ティングマーはカウクが理解できるよう、さらに若干の説明をくわえる。ティン・シティのハムリーズ・バーに行ったいきさつを聞き、カウクは、「人々はどこかべつのところに行ったにちがいない」

「見えていることが真実とはかぎらない」と、いう。

「それならそれでいいさ」ティングマーはため息をつき、「これからなにをしようと考えている?」

「ノームにもどらなければならない……嵐がおさまったらすぐに。会社があるんだ」

ボールドウィン・ティングマーが笑った。ワリク・カウクにはその笑い声が気にいらない。

「それほど重要とは思えんな！」と、技師があざける。

「おい、待て！」と、カウクは怒って、「早々にさじを投げる者は立ちなおるのも遅い、というぞ」

ティングマーは興味がなさそうな顔をし、

「われわれ、コンタクトをたもとうじゃないか」と、提案。「そちらの呼びだしコードはメモした。そもそも、どうやってわたしにつながったのだ？」

カウクはラダカムを再プログラミングしたことをいう。

「抜け目がないな」技師は賞讃してうなずく。「有能なビジネスマンだ……まったくもって、めずらしい！」

挑発に乗るつもりはない。カウクは反応をしめさず、相手のコメントを無視すると、

「ティン・シティにとどまるのか？」

「そのつもりはない。嵐がおさまりしだい、イクペクに向かう」

「イクペク……？」

「ここから数キロメートル北東だ。トランス・ベーリング橋がある。知っているか？」

おぼえている。ベーリング海峡のいちばんせまい場所に架けられた力強い建造物は当時、技術界の輝かしい業績として評判を得たもの。

「とはいえ、まだのこっているかどうかわからないが」と、ティングマー。

「なぜ?」

「おい、どれほどの悪天候か知らないのか? こんなひどい嵐は何千年もない! 気象制御も停止した! ネーサンだって手がまわらない。気象制御が機能しないのなら、橋だって怪しいものだ!」

「で、イクペクでなにをしようというのだ?」

ティングマーはにやりと笑い、

「いまの状況で、あんたなら……どこに行って明確な情報を得る?」

ワリク・カウクは混乱した。会社に関すること以外、考えていなかったのだ。

「テラニア・シティかな」と、ようやく答える。

「そのとおり!」と、技師。「このいまいましい不幸をわれわれと同じく生きのびた者なら、だれでもそう考える」

カウクはよくわからないが、

「ま、いいだろう……グライダーでも調達して、首都に行くんだな!」と、ティングマーに応じる。

「ネーサンのことを忘れているぞ」技師が念をおした。「全交通網はネーサンにより通信制御されている。この制御システムもダウンしたはず。どこかでグライダーを見つけて作動させても動かない。賭けてもいい！」

カウクは髪の毛が逆だつ気がした。

「そんな……そんなことがあるはずない！」と、いいよどむ。

「だから、先祖が十万年も前にやっていたように移動するのさ」ティングマーが勝ちほこったようにつづける。「つまり、歩いて。数週間もすればベーリング海峡は凍結する。アジアへもなんなく歩いていける」

「ベーリング海峡が……凍結するだって！」カウクは驚愕した。

「当然だろう、気象制御が停止したんだから！」

カウクはうめき声をあげ、

「数分、考えさせてくれ！」と、懇願。「ことの展開があまりに早すぎて……」

「考えればいいさ！」ティングマーは冷笑する。「われわれ、窮地におちいっているんだ。それがわかるのが早いほど、あんたのためになる。また連絡してくれ！」

「そうする」ワリク・カウクは無感動にうなずき、ラダカムを切った。

2

ブラフ・ポラードは搬送ベルトを苦労してのぼっていった。最初はかんたんだったが、のぼるにつれて雪が深くなる。迫りくる断崖のようだ。突然、睡魔に襲われる。このまま横たわり眠ってしまいたいという欲求は、抗《あらが》いがたかった。

まずい。雪のなかに寝そべって眠るのは凍死への最短の道だと教わった。不意に恐くなる。骨の髄まで凍えていた。足にはほとんど感覚がなく、鼻は氷の針を数千本刺されたように痛い。

パイオニア・センター！　その単語が頭をよぎった。あそこに行けばサーモ耐寒服か、それにかわるものがあるはず。センターにたどりつけば、生きのびるチャンスはある。

雪をかきわけながら猛然と突進し、吹きすさぶ嵐に耐える。完全な真っ暗闇ではない。吹きつける雪がほんの一瞬やんだとき、パイオニア・センターのある建物群の輪郭がぼんやり見えた。ブラフは知らなかったが、ブリザードに立ちむかえたのはこの建物群のおかげだった。センターの東側、北西アメリカ管理区内に百メートルを超える高層管理棟群があり、嵐をそらしていたのだ。

最初の建物の前で立ちどまった。扉の上方の壁に粗末なデジタル時計がとりつけられている。数字は光っていないが、二十三時十七分とわかった。日付は見えない。

暗いはずだ、とブラフは思った。

扉は開きそうにない。いまはじまったことではないが。この数カ月間で身をもって体験してきた。多くのことが機能しなくなり、修繕もされなくなっている。パイオニア・センターでは理論的な側面から真相に迫り、ある認識にいたったもの。テクノロジーの成果を維持することは生活に不可欠なのだが、それを責任者が理解していないのである。

嵐の咆哮するなか、かじかんだ指先でドア枠を探った瞬間、若者はより明確に悟った。人々がいいかげんになったのだ。関心というものを失い、だれもおのれの使命など気にしなくなってしまった。

どうやったら扉をこじ開けられるかは知っている。だが、こんどばかりは指先に感覚がないから厄介だ。

ようやくプラスティック板が動き、音をたてながら開いた。室内は暗い。最初の瞬間だけ、外よりも暖かく感じられた。手探りで進むうち、椅子やデスクにぶつかる。教室だ。どこかに衣類があるとしたら、もっと奥、〝パイオニア〟たちが授業の合間に休憩をとる談話室だろう。

せまい通廊を進み、ドアをふたつぬけ……暗い部屋にたどりつく。よどんだ空気と乾いた汗の臭いがした。かじかむ指で棚を手探りすると、無造作に脱ぎすてられた衣類の柔らかい塊りに触れる。そこをひっかきまわしてサーモ耐寒服を発見。急いで身につけると、麻痺した指先でちいさなスイッチを探りあて、熱を発生させる。

暖かく心地よい。数分間、立ったままでいて、硬直したからだにぬくもりがもどるのを感じた。暖かさが眠気を誘う。ここにとどまり、数時間眠るのはどうだろう。そのあいだに嵐もやむかもしれない。

結局、そうはしなかった。寮へ帰りたいという願望が勝ったのだ。これ以上ひとりでいたくない。なぜ、道路の下のトンネルにもこの建物にも人っ子ひとりいないのか。パイオニア・センターでは昼夜授業があるのに。嵐のせいかもしれない。授業がとりやめになったのだろう。寮にはだれかいるにちがいない。

腹もすいている。食べ物は寮でしか手にはいらない。

コートをしっかりからだに巻きつけてセンターを出た。ブリザードがややおさまったように思える。トンネルに向かう前に、もう一度建物の壁を仰ぎ見た。

相《あ》いかわらず二十三時十七分をしめしている。

＊

きたときのシュプールを雪が消していた。もう一メートルも積もっている。追い風なので、前よりも歩きやすいが。

ブラフ・ポラードはトンネルの入口まできて立ちすくんだ。右手に動く影を感じる。目を向けると、ぎらぎらした目が数対、こちらを見ていた。あのトンネルでの情景が頭に浮かぶ。周囲を見まわすと、さらに多くの光る目があった。細くて黒い影が暗闇のあちこちで動く。とりかこまれたのだ。トンネルに通じる道だけが開いている。

横を見る。恐い……だが、トンネルはもっと恐い。影のような生物の群れに追いやられそうだ。両手にいっぱい雪をつかみとって雪玉をつくると、甲高《かんだか》い叫び声をあげながら、一対の光る目に向かって投げつけた。

目が動いた。なかば怒ったように、なかば驚いたように吠え、暗闇を一直線に走る。ブラフは前進。何度も雪玉をつくり、大声をあげながら、光る目の動物群に向かって投げつける。

影のような生物どもに動きが出た。大声で吠えながら跳びあがり、雪のなかを突進してくる。とくに獰猛には見えない。ブラフは立ちどまり、笑いだした。これまでの生涯ではじめて、声をかぎりに笑う。

犬じゃないか。だれも世話をしないから、腹をすかしているのだ。犬のほうも人間を恐れている。最初は狼かと思った。ノーム近郊にはいないが、山にはまだかなりの数が生息しているから。しかし、犬だとわかってほっとした。

ブラフは気にせずトンネルにはいった。トンネルは五百メートルほどあり、道の向こう側にある公園のような傾斜地につながっている。その傾斜地に寮があるのだ。元気よく大股で歩きだした。うれしいことに、数百メートルは雪と戦わなくてすむ。いつもなら聞こえてくるはずの交通騒音が聞こえないが、驚くにあたらない。トンネルや建物の照明も、時計の正しい表示もないのだ。交通網も停止したのだろう。なにかとんでもないことが起きたにちがいない。それはわかるが、実際、なにが起きたのか？　寮に帰れば判明するはず。

風が吹きつけた跡が雪にのこっている。そろそろトンネルも終わりだ。搬送ベルトはあるが、動いていない。たいらで滑らかな表面に立った。雪壁のところからトンネルの出口が上につながっている。そこにたどりつく前に、背後から物音が聞こえてきた。

トンネルの地面をひっかくような音。犬の足音だ！　飢えた犬が背後から大急ぎでトンネルをぬけてくる。つまり、やつらは本気だ。こんどは叫び声や雪玉でおびえさせることはできないだろう。

ブラフは急いだ。両腕を掻くように動かす。雪がわきに飛んだ。できるだけすばやく、氷のような雪の塊りをぬけて進む。背後で犬があえぎ、短く獰猛な咆哮が聞こえる。たいらなところに出てほっとした。搬送ベルトをぬけると、目の前には雪でおおわれた公園がひろがっている。

そこでいきなり立ちすくんだ。コートの下は暖かいのに、血が凍るようだ。目の前の暗闇で動物の目が一ダース光っている。犬に謀られた！　ふた手にわかれ、群れの半分がトンネルを追いかけて、のこりの半分は出口で待ち伏せしていたのである。

犬がこれほど長《た》けた戦術を使うとは。だが、いちいち驚いている時間はない。

腹をすかした群れが両面から迫っているのだ。

＊

ブラフは雪のなかに倒れた。すぐ上に、よだれを垂らした大きな口と燃えるような目がせまる。顔と喉を守るため、両腕を高くあげた。コートの分厚く柔らかい素材を獣の歯がかすめる。すこしのあいだならコートで防御できるかもしれない。

突然、憤《いきどお》りがこみあげた。甲高い叫び声をあげながら群れに向かう。両手をつきだして獣の毛皮をつかみ、一匹を持ちあげてほうり投げた。犬が驚いて吠える。ブラフはひと息つくと、体勢をととのえ、その場から走りだした。だが、腹をすかした群れはあっというまにショックから立ちなおった。もう二度と獲物を逃すつもりはないらしい。

若者はかくれ場をもとめて木のところに行ったが、ひび割れて氷でおおいつくされた樹皮を見あげ、絶望的になった。どこにもつかまるところがない。

群れにとりかこまれた。いくら雪をつかんで投げ、叫んでも、獣はもう恐れない。怒りのこもったうなり声でわかる。やせたからだを雪に押しつけるようにして、ますます近よってきた。

大きなダークグレイの犬がリーダーらしい。角ばった頭をして毛がもつれている。うしろにひかえ、喉の奥から絞りだすような声でほかの犬たちを指揮しているようだ。そのとき、思いだした。あのダークグレイの犬を知っている。

ノームでは、だれも世話をしなくなった犬が悩みの種であった。アフィリー下において、経済的価値のないペットは無用となったのだ。数年前から、飼い主を失った犬が群れをつくりはじめた。当面は食べ物が充分あったので、人間にとり危険というわけではなかったが。

ダークグレイの犬に出会ったのは、たしか二、三週間前のこと。夕方遅く、パイオニア・センターから寮に帰ろうとして公園の入口にさしかかったとき、スラムからきたらしい若い暴徒の集団に襲われた。おそらく空腹だったのだろう。寮生が一日の大半をすごすセンターには食べ物がないため、凝縮口糧を持ち歩いていることは、知られていたのだ。

いずれにせよ、かなりまずい状況だった。スラムの住人より強いとはいえ、しょせんは多勢に無勢だ。そのとき、ダークグレイが助けてくれたのである……賭けてもいい、あの犬だ！　いきなりあらわれて、スラムの若者たちのまっただなかに跳びこみ、またたくまに追いはらった。犬はそのあとも、ブラフを守るのが義務だと感じているかのように、しばらくいっしょに歩いたもの。

純粋理性の法則にしたがい、行為には報いなければならないと考えた。ポケットから凝縮口糧をとりだし、ひときれあたえた。犬は毛むくじゃらの大きな鼻面に似合わない慎重さで凝縮口糧を手からうけとると、うれしそうにたいらげた。

「おまえは賢い犬だ、カドリー！」そのとき、そう名づけたのだった。

ブラフ・ポラードは目をあげる。群れが迫っていた。最前列の犬まで三歩もない。

「カドリー……！」せっぱつまって叫んだ。

一匹が怒ったように甲高く吠える。そのとき、群れのうしろのほうから低く轟くような声が聞こえた。やせこけた数匹の仲間を容赦なくわきに蹴ちらし、大きなダークグレイの犬が最前列に走ってくる。鼻を鳴らしながらブラフに近よってきた。

「カドリー、わたしをおぼえているだろう……」若者は懇願するようにいう。

ダークグレイの犬が雪にうずくまった。手をさしだすと、カドリーは鼻をくんくんいわせ、尻尾を振りはじめた。

「カドリー、わたしになにもするな！」ブラフはたのみこんだ。「腹をすかしているのはわかる。食べ物はなんとかしてやるから」

カドリーは立ちあがって振りかえり、短く鋭く二度吠える。すると、奇蹟が起きた！　あえいでいた群れが突然しずかになったのだ。尻尾を振りながら雪に伏せ、リーダーを見あげる。

＊

純粋理性の崇拝者から真の人間に変化した直後の十五歳にとっては、ほかの者が奇蹟とうけとるような出来ごとも、当然であり納得できるもの。

すくなくとも、ブラフは犬のふるまいにただ安堵しただけだった。カドリーとの友情に心から納得する。友情！　言葉は知っているが、これまで一度も頭にうかべたことはなかった。その友情がさらなる被害から自分を守ってくれるとは。

ダークグレイの犬はふたたび向きなおり、注意深い視線で若者を見あげる。

「まず寮に帰らなければならない、カドリー！」と、ブラフ。「そこにはほかの人間がいるし、おまえたちに食べ物を調達できる」

カドリーはちいさくうなると、横を向いた。走りたそうだ。ブラフはこの公園のことならよく知っている。いくら雪が積もっても、氷のこびりついた樹々を手がかりに方向を定めるのはわけない。カドリーがしめした方角には水産物工場があり、プランクトンや藻類を凝縮口糧に加工しているのだ。発送準備の終わった品物が巨大倉庫に積載されているはず。犬が百匹ほどいても、まかなえるだろう。

「おまえの望みはわかっている、カドリー」と、大まじめにいう。「だが、もうちょっとがまんしてくれないか。まず寮に帰りたいんだ！」

ダークグレイの犬は逆らわない。ブラフが雪を踏みしめて寮の方角に進みだすと、あとにつづいた。さらに、群れ全体がおとなしく一列になり、若者がつけた道を歩く。

寮は飾り気のない大きな建物のなかにある。噂によれば、ここは〝沈黙の家〟になるはずだったらしい。開設にあたり住民が騒いだので、政府は計画変更を指示。沈黙の家でなく、寄宿生のための寮になったというわけだ。ブラフ・ポラードは十歳になったとき、バンクーバーの養護施設からここにうつってきた。

建物は矩形で、庭にかこまれており、外側には壁がめぐらされている。外壁にはひろい開口部がふたつ。エネルギー・バリアで通行を阻止できるが、バリアははられていなかった。ブラフはとまどいながら開口部に歩みより、外壁の柱に組みこまれた門番ロボットに誰何《すいか》されるのを待つ。だが、柱に動きはない。その日の合言葉をいわずにすんだ。なかば朦朧《もうろう》として建物に接近。犬の群れがつづく。大きな正面玄関には幅広の石づくりの階段がふたつあり、半分開いていた。吹雪のせいで、雪がかなり吹きこんでいる。

どの窓も暗い。建物全体を見まわしても、どこにも明るいところがなかった。

なにか恐ろしいことが起きたにちがいない。トンネルやパイオニア・センター内の暗闇、止まったままの時計、交通システムの停止……これらはすべて、町あるいはアラスカ全体に振りかかった、前例なきカタストロフィのあかしだったのだ。建物にはいる前からわかる。なかにはだれもいない。全員、どこかに消えうせてしまった。自分だけがのこされたのだ……自分とカドリーと犬たちだけが。

涙が出る。肉体的な痛みもないのに泣くのは、はじめてのこと。妙な気分になった。無気力にとらわれてしまったようだ。汗が出はじめ、脚がいうことをきかない。開いている扉をのろのろと通り、なんの意図もなく雪を足でわきによせ、建物の奥に通じるひろくて暗い通廊を見つめた。

「理性《ラーツィオ》……！」と、大きな声でいう。

おぼえている最新の合言葉だ。一縷《いちる》の望みをかける。だれかがのこっているのではないか。寄宿生や監督者が数人、多数ある寝室や談話室でまだ生きているかもしれない。そうなると、合言葉のほうが好都合だ。合言葉を忘れたり、いわずに建物内にはいると、きびしく罰せられることになっているから。

発した言葉が無人の通廊から反響してもどってきた。ブラフは歩きはじめる。暗闇のなかにドア開口部がぼんやり見え、通廊の両側にある部屋へと通じていた。ドアはぜんぶ開けっぱなしだ。横を向き、開いているドアのひとつを通りぬけ、とほうにくれながらくりかえす。喉をしめつけられたようなしわがれ声で。

「理性《ラーツィオ》……！」

相いかわらず、しずかで暗いままだ。ベンチやデスクにぶつかりながら、部屋を横切る。よくここにすわり、ほかの寄宿生とともに食事をとったり、パイオニア・センターでの授業の予習をしたりしたもの。当時、そうしたことを悲哀とともに思いうかべる日がくるなど、予想すらしなかった。

なんともいいようのない気分だ。膝をつき、両手で顔をおおう。若者は泣いた……長いあいだ泣いていたが、そのとき、なにかが触れた。柔らかい毛むくじゃらのものがからだと腕のあいだにはいりこみ、おちつきなく鼻を鳴らす。

かたわらにカドリーがいた。目に優しい光をたたえ、はげますように見ている。

若者は気分が楽になった。孤独ではない。カドリーと群れの犬たちがいる。これからは犬が仲間だ。立ちあがり、涙を拭《ぬぐ》うと、

「カドリー、さ、行こう！」と、きっぱりという。

犬は尻尾を振って応えた。

3

ボールドウィン・ティングマーは嵐がおさまると、ティン・シティの町なかにうつった。アルコールのストックがかなりあるハムリーズ・バーを拠点に決める。精神のバランスを維持するには酒が必要だ。本当はワリク・カウクにしめしたほど冷淡ではないのだが。ハムリーズ・バーと小屋のあいだをスキーで十二回以上も往復し、テクノロジー機器を運ぶ。まず、自家発電装置を分解して持ちこんだ。そのおかげで快適にすごせるようになった。

嵐がやんだあとも数時間は厚いグレイの雲が大地をおおっていたが、完全な闇ではない。以前のようにずっと真っ暗にはならず、ときどき南の水平線がはっきり確認できる。この状態も長くはつづかず、恒星がふたたび空に輝くだろう。

ついに雲が消滅。ティングマーは満天の星空を見あげた。まず最初に、不気味な輝きや揺らめく光がなくなっているのに気づく。地球が〝喉〟に落ちていく最後の数日間、見えていたのだが。〝宇宙の穴〟のエネルギー性渦は、またたくまにすぎさった星々のかなたにある。目の前には星の海がしずかにくっきりとひろがっていた。

これまで人類がだれも見たことのない星々を見ているのだ、と不意に気づく。見なれたメールストロームの光の帯を探したが、見つからない。無数の星々が輝く。まばゆい白、白青色、黄色、赤……しかし、よく知っている星座のどれにもマッチしない。南西の水平線からミルクのようにぼんやり光る雲がのぼり、天空の闇に弧をひき、北西に沈んでいる。数万光年かなたの遠くの星々の集合体なのだろう。地球の夜空に見える故郷銀河にまつわる伝承を思いだす。ここにも似たような銀河系があるのだ。

この銀河は果てしない宇宙のどこにあるのか。そう問う自分に気づいたが、論理法則にしたがえば無意味な疑問だ。その答えから、なにもはじまらないのだから。

スキーを履いたまま、ティン・シティにくだるゆるやかな傾斜地に立ち、何時間も未知の星々を見あげた。孤独と未知存在への脅威を感じる。だが同時に、自信のようなものがもどってきた気もする。

水平線の一部が明るくなり、しだいにくっきりとしてきた。赤みがかった黄色い円の一部が昇ってくる。ティングマーはわれを忘れて見つめた。しだいに星々の輝きがあせていく。

しかし、月はそこにある。数百万年の昔から、永遠に同じ軌道で母惑星の地球をめぐる、忠実な同行者だ。

月を見ていると、完全な孤独ではないのだと思えた。上空に見える星々は未知のものでも、いま自分が立っている大地は人類を生みだした惑星の地表である。そして、雪におおわれた山腹に降りそそぐのは、人類が有史以来、歌い崇めてきた月の光なのだ……

＊

ひろい海面上に恒星があらわれた二日後、ボールドウィン・ティングマーはハムリーズ・バーのねぐらを出て、グライダーを探した。

きちんとした計画があった。自家用グライダーは通信による交通網の保安システムに依存している。各グライダーにはセンサーが装備され、それで交通網システムに接続するのだ。システムが決めたコースにしたがって通行が許可される。システムが停止すれば、ふつうのグライダーは動かせない。そのため、ティングマーは個人のガレージにあるグライダーを対象からはずすことにした。

別種のマシンを探す。特別な目的で開発されたものや、あるいは治安当局が利用するグライダーだ。交通網とつながっていないか、つながっていても自由に解除できる。まず頭にうかぶのはゲレンデ・グライダーや輸送グライダーのたぐいである。機敏な動きはできないが、寒冷荒地の北アラスカで必要とされるもので、通信制御できない辺鄙《へんぴ》な場所に通じる道を行くときに使う。だが、このタイプに関心はない。

警察が使うタイプは高速で操縦しやすく、状況に応じて交通網に接続することも、独立して動くこともできる。この種のグライダーを見つけたい。

困難は覚悟していた。グライダーの使用権限がない者の濫用を防ぐため、治安当局は使用権限者の個人識別コードをオートパイロットにデータ入力してあるのだ。

アフィリーの勢力範囲で生きる人間はだれしも、体内に極小のエレクトロン装置を埋めこまれている。PIKと呼ばれる個人識別コード発信機だ。このマイクロ装置は誕生後すぐに埋めこまれ、個人を特定するインパルスを短い間隔で発信。そのインパルスをもよりの個人監視センターで受信・確認することにより、治安当局は市民の居場所をつねに把握している。これは純粋理性の考え方にかなうもの……ほんものの理性によるのではない。なによりその考え方の特徴は、だれのことも信用せず、だれのことも潜在的な革命家とみなすところにあるのだ。

ティングマーもPIKを埋めこまれていた。ずいぶん前にこの陰険な装置を撤去しようとしたのだが、からだのどこにあるかはわからない。PIKがまだ機能しているのかどうかも不明。警察グライダーを動かそうとした場合、オートパイロットがどう反応するのか予測がつかない。

ティン・シティにはちいさな警察ステーションがある。文明社会のすみにある人口二百人のみすぼらしい集落なので、仮借なくアフィリーをつらぬく当局ですら、強力な警察団をおく意味があるとは考えなかったのだろう。建物は平屋で、数メートル横にガレージがあった。ステーションから地下通廊を通じて行くことができる。

まず、ステーションに侵入。ドアに鍵がかかっているので、壊すしかない。なかにK＝2ロボットが二体見える。純粋理性のおぞましい手先だ。床に横たわって動かない。K＝2の知性はほんのわずかで、その行動は地域の制御ポジトロニクスに依存している。ティングマーは一体からブラスターを奪いとった。これまで武器を持ったことはないが、そのうちなにかの役にたつだろう。

地下通廊を通ってガレージに行った。高性能グライダーが二機あり、治安当局の黄色い標識が描かれている。ガレージの門扉を開けようとしたが、うまくいかなかったので、奪ったばかりのブラスターで破壊する。

大きいほうのグライダーのハッチを開け、操縦席に跳びのった。メインスイッチをいれる。いくつかの制御プレートが点滅。計器盤の右手にちいさなスクリーンがある。エンジンを作動しようとすると、スクリーン上に文字があらわれた。

〝アクセス権限なし〟

＊

警察グライダーを飛ばすのは骨の折れる作業にちがいない。だが幸運にも、ボールドウィン・ティングマーはエレクトロニクスとポジトロニクス方面にすこしばかり知識がある。

作業にとりかかった。ハムリーズ・バーで手にいれたバッテリー内蔵ランプを照明にする。五時間もかかってオートパイロット内蔵のエレクトロン装置を検証。アクセス権限にかかわる回路をやっと見つけ、注意深くマーキングした。疲れきって家路につく。

その夜、ワリク・カウクから連絡があった。キグルアイク山脈の南ではいまだに嵐が荒れくるい、弱まる気配はないらしい。携帯食糧は底をつき、小屋は完全に雪に埋もれたそうだ。救援をもとめられたが、目下のところ、手はさしのべられない。ともあれ、ティン・シティでは嵐がおさまったのだから、キグルアイク山麓でもじきにやむはず。そういってなぐさめた。

雪に埋もれたグライダーを掘りおこすのはどうだろうかとカウクに意見をもとめられたが、思いとどまらせた。あたりの積雪量が三メートルを超えていると聞いたから。自分のほうがグライダーを動かせるようになるかもしれない。カウクが苦労して掘りおこしても割にあわないだろう。

その夜はひどく酔った。ようやく正気にもどったのは翌日の正午、恒星がわずかな間、昇っていたときである。

午後は作業を進める。夕方、すこしでも元気をとりもどさせようとワリク・カウクに連絡してみた。だが、応答がなく、心配になる。ほかの人間との唯一のコンタクトがとぎれたのだろうか？

翌日は早朝から、正午ごろの短い明るい時間をへて夕方遅くまで、とりつかれたように作業した。ランプのバッテリーがなくなったため、中断せざるをえなくなる。新しいバッテリーを見つけるか、明るいあいだだけ作業するしかない。いずれにせよ、まだやるべきことがいくつかのこっている。

次の日、技師はやるべきことをかたづけた。あらためて操縦席に跳びのり、運だめしをする。

前と同じように、制御プレートのランプが点灯。だが、前回はグリーンだった数個が赤になっており、すべてが順調ではないことをしめしていた。気にせずエンジンスイッチを切りかえる。うなりをあげるモーター音を聞き、感激した。

興奮に満たされる。成功したのだ！　警察グライダーが使用権限者としてうけいれた！　軽率な操作でオートパイロットが誤作動しないようにグライダーを注意深く、破壊した扉から外にひっぱりだす。両わきに五十から六十軒の家がならぶ道路にそって、地面すれすれを滑空。西をめざし、ティン・シティの町なみを出た。大きなオレンジ色の恒星が姿を四分の三あらわしている。南では海水面が光っていた。

興奮でからだが震える。グライダーを急上昇させた。鼻先を前にして垂直に淡青色の冬空へ昇っていく。南へコースをとった。眼下にひろがるベーリング海を周遊飛行したい気にかられる。

いりくんだ海岸線を飛びこえた。海面を押しよせてくる流氷に目をみはる。カウクから気象制御がダウンしたとは聞かされていたが、漂着する流氷を自分の目で見て、あらためて驚いた。気象制御が機能していたときでも、アラスカの冬を厳寒から阻止することはできなかったし、その計画もなかったもの。しかし、すくなくとも、ベーリング海のこのあたりは凍らずにすんでいたのに。

ボールドウィン・ティングマーはいま、ベーリング海峡が凍結するという預言が現実になりつつあるのを、おのれの目で見た。

そのとき、視線のすみですばやく動くものがあった。雪でおおわれた海岸から、薄煙をあげたシュプールが三本あがってくる。雪のなかから出てきて、息をのむほどのスピードに達した。驚愕が戦慄に変わる。尾をひく煙の先端にあるものが目標にしているのは、このグライダーではないか。

ミサイル……！　ティングマーはパニック状態になった。

どこから飛んでくるのか。人間の手になるものが機能していない世界で、よりによってなぜミサイルが動いているのか。だが、考えているひまはない。死の着弾から逃れようと、操縦桿を握り、グライダーを急降下させる。

しかし、反応が遅すぎた。おまけに、ミサイルの制御システムはどうしたところで人間の反応を相殺《そうさい》するようにプログラミングされている。グライダーの発する熱を追跡し、三基のうち一基がすぐそばで爆発。

シートを棒でつきさされた感じだった。弾丸の破片がたたきつけるような音をたててボディにあたる。焦げた匂いがした。グライダーを上昇させようとするが、いうことをきかない。

まっすぐに降下。光る海面が猛烈な速度で迫ってくる。大音響の衝撃がはしり、ボールドウィン・ティングマーは意識を失った……

4

嵐がおさまると、ワリク・カウクは本気で考えはじめた。思いきってジェンセンズ・キャンプへ行くか、ここに寝ころがって死を待つか。二日前からなにも食べていない。おのれの運命など、どうでもよくなっている。

ようやく立ちあがったのは好奇心からだ。世界がどうなったのか知りたい。こんな人里はなれた小屋で死ぬなんて意味がない。いまだかつてない出来ごとの目撃者になったのだ。どういう現象だったのか、どういう影響をおよぼしたのか、知ろう。

戸棚にあった衣服をすべて身につけ、狩猟用武器を携帯する。このニードル銃の射程距離は感動ものだ。雪を掻いて小屋の出口をつくった。武器以外の装備としてランプを持つ。恒星は正午ごろ地平線上に昇るが、その前後の数時間をのぞけばあとはずっと暗いのだから。出発は、日の出を告げるほのかな光が南の地平線にあらわれるのを待ってからにしよう。真っ暗闇のなか、暖かく安全な小屋を去りたくはない。

ティン・シティにいるボールドウィン・ティングマーと、すこしのあいだコンタクトがとぎれている。わかっているかぎり、この惑星上で会話をかわせる唯一の相手なのだから、悔やまれた。ラダカムのメインスイッチまで行けば話せると思うと、それだけでなぐさめにはなるが。

とはいえ、ラダカムを持っていくつもりはない。ジェンセンズ・キャンプやノームに行けば、その手の装置はいくらでもあるとわかっているから。

最初の数時間は元気に前進できた。それが自信となり、あらたな勇気がわいてくる。最後に降った雪が湿り気をふくんでいたため、人間ひとりの重さでは表面が沈まない。しかも、恒星が短時間あらわれたおかげで雪の表面が溶け、暗くなるとすぐに凍結したので、たいらでかたい雪面を歩くことができる。歩くたびに腰まで埋まる悪夢から解放された。

だが厄介なことに、サーモン湖が影もかたちも見えない。まず、湖の西端が見えると見当をつけた場所にたどりついたころには、すでに暗かった。おまけに、凍結した湖ごと雪におおわれ、景色がどこもかしこも一様になっている。地面も水面も区別がつかない。

星を手がかりに方位を知ろうと、空を見あげる。そこでまた不愉快な思いをした。〝喉〟に墜落する直前、永遠に天空でつづく花火のように見えた、揺らめく輝きも稲光もいまはない。それはもちろん気がついていたから、ここでとくに驚きはしない。そうなるだろうと思っていた。〝喉〟はいま、地球から遠くはなれた宇宙の暗闇のどこかにあるのだろう。

しかし、いまここで未知の星々を見あげているという論理的帰結が、まだしっくりこないのだ。

カウクは混乱しながらも、道をしめす星はないかと探した。寄宿生のころ学んだことをなんとか思いだし、カウンシル・ブラフを最初の基準点として使うことにする。キグルアイク山脈にある頂のひとつで、独特の凸凹がある。いまいる場所のほぼ真北に見えるはず。サーモン湖の南端はこのあたりだが、ほぼ北緯六十五度の位置にある。つまり、カウンシル・ブラフのシルエットに顔を向け、北緯六十五度線上で視線をあげれば、北極の空をとらえることになるわけだ。

ただし、五十度、六十度、七十度といった角度で頭をあげるのは、テクノロジーによる補助手段がないとむずかしい。それでもワリク・カウクはすこしでも正確に見きわめようと努力した。見つめる先に、強い光をはなつオレンジ色の星がある。ロジカのかわりにあれを標識星としよう。ロジカはメールストロームにいたとき、地球の北極上空にあった白青色の恒星である。過去の長い年月、人類の道しるべとなっていた北極星のように。

カウクは輝く星を〝オレンジ81〟と名づけた。特徴的な色と、地球が〝喉〟を通過して住人の大半がいなくなった記念の年にちなんで。
オレンジ81を右に見ながら、西をめざして歩く。

＊

ワリク・カウクは翌日、日の出のすこし前にジェンセンズ・キャンプに到着した。西に進むにつれ、積雪量がすくなかったのがさいわいした。そうでなかったら、ジェンセンズ・キャンプを見逃していたかもしれない。建物の数はすくないし、高さも四、五メートルだから。

ジェンセンズ・キャンプはちいさな集落である。アラスカ北部での計測や観察、物資納入などを政府から依頼された人々が住んでいるだけだ。カウクの知るかぎり、二十棟くらいの建物しかなく、常住者は二百人に満たない。

空が白み、雪におおわれた小屋の輪郭が見えてきて、安堵した。たどりついたのだ。気分が高揚する。これからもうまくいくにちがいない！　ノームにも、ティン・シティやイクペクにも、テラニア・シティにも行けるぞ！

雪でおおわれた集落のなかでいちばん大きな建物の入口を探し、幸福感に酔いながら雪を掘りさげる。扉は閉まっていた。銃を数発撃ち、入口を開ける。

推測どおり、地域の制御センターだ。最初にはいったところが大きな待合室だとすぐにわかる。

無意識に恐れた。凍死体を数体、目にするはめになるかもしれない。センターには昼夜を問わずだれかがいるはずだから。役所の業務に切れめがないのはあたり前のこと。新しいタイプのロボットも例外なく配置されている。純粋理性の法則しか正当と認めず、人間性を軽視するプログラミングにしたがって作業するマシンだ。

待合室を出て執務室にはいった。そのあいだに恒星が昇り、雪のはりついた窓から明かりがさしこんでくる。身動きひとつせず床に横たわる姿を発見し、恐れが現実になったと思ったそのとき、憎悪すべき黄褐色の制服が目にはいった。K＝2一体がここで最期を迎えたのだ。仰向けに倒れ、見えない目で天井を凝視している。その角ばった頑固そうな顔は驚くほど人間に似ていた。

おそるおそるロボットの〝死体〟をまたいでいく。部屋のすみにラダカム通信機があった。コンパクトで、左側にフランジのついた小型ケースがあることから、自家発電式の携帯装置だとわかる。

ボールドウィン・ティングマーを呼びだしたい。無人のジェンセンズ・キャンプに失望したカウクは、ほかの人間の声が聞きたくなった。自分をのぞき、地球上で唯一の生存者かもしれないのだ。

スイッチをいれると、ちいさなランプが点灯。ティングマーの呼びだしコードを印刷したフォリオを探した。じゃまになるので、武器はわきにおく。

ようやくフォリオが見つかった。椅子をひきよせてラダカムの前にすわる。手を伸ばして呼びだしコードをタッチしようとしたとき、背後で耳ざわりな声がした。

「あなたのPIKを認識できません、ブラザー！　もよりの警察ステーションに連行します」

＊

ワリク・カウクはショックのあまり、数秒間は動くことができなかった。一瞬のあいだに支離滅裂な考えがうかぶ。ジェンセンズ・キャンプは無人ではない……

振りかえった。興奮がさめる。待合室に通じる開口部に、黄褐色の姿が見えたのだ。K＝2が生きかえったのか？

すばやく視線をわきにやり、入室時に発見したロボットが身動きひとつせずそのままの状態でいるのを確認。同時に、カウクはおのれの怠慢を思い知った。K＝2が単体で職務につくことはない。こんな小規模のセンターであっても、すくなくとも二体はロボットが配備される。たとえば一体が故障しても住民監視に不備が出ないよう、政府が意図しているから。

建物にはいったとき、K＝2一体しか見ていない。もう一体はどこにいるかと自問すべきだった。とはいえ、二体めが作動しているかもしれないという考えにいたったかどうかは疑わしいが。

ロボットを苦々しい思いで見る。よりによって、アフィリーが生みだした醜悪さの見本とともに大カタストロフィを生きのびなければならないとは、自然の不正としかいいようがない。

「きみはわたしのPIK発信を見逃したわけだが」ワリクはロボットを責めはじめた。「ほかにも多くの発信を見逃しているのではないか?」

「論争はやめて、わたしの指示をうけいれるべきです」と、K＝2が応じる。

「どういう指示だ?」

「あなたをもよりの警察ステーションに連行します!」

「もよりの警察ステーションというのはここだ」ワリク・カウクは辛辣にいう。

「それはありえません」と、K＝2。「管理エレメントのインパルスを感知できませんから」

管理エレメントというのは、どの警察ステーションにも設置されている中継用ポジトロニクスのこと。地域ポジトロニクス・システムへの接続を構築している。

「あれを見ろ!」と、カウク。「きみの……〝仲間〟が目にはいらないのか?」

「見えます」ロボットが答える。「あなたが無力化したのではないかと自問しているところです」

「わたしがはいってきたとき、すでにあの状態だった」

「そのうえ、あなたは制御センターの扉を破壊しました、ブラザー。責任をとる必要があります」

「あの扉が制御センターの扉だというのなら、われわれのいるここが警察ステーションだとわかるはず」

「管理エレメントを感知できません」Ｋ＝２がいいはる。

絶望的な状況である。Ｋ＝２が知性をほとんど持たないのは周知のこと。なぜこのような存在がカタストロフィを生きのこったのかは、神のみぞ知る。だが、生きのこったからには、そのわずかな知性で、プログラミングの基本どおりに職務を遂行するしかない。地域ポジトロニクスとの接続が切れている以上、管理エレメントのインパルスも教化インパルスもとどかないわけだ。制御センターにいることはわかっても、地域の警察ステーションだと認識できない。また、カウクのＰＩＫが発信していないと認知したのはいいが、ほかのＰＩＫ数百億が停止したことは暗黙裏に無視している。

ロボットに阻止されたまま、空腹や喉の渇きや疲労で死ぬまでこの場を動けないかもしれない。その危険は非常に大きい。なんとしてもイニシアティヴをとらなければ。

「きみにはわたしをもよりの警察ステーションに連行する義務がある」と、ロボットの発言をいいかえてみた。「もよりの警察ステーションがあるのはノームだ。そこにわたしを連れていけ！」

Ｋ＝２の目がワリク・カウクを凝視。あらゆる権限を行使して、中継用ポジトロニクスにコンタクトを試みている。〝逮捕者〟のいうことが真実かどうか、探ろうとしているのだ。

コンタクトに失敗し、Ｋ＝２は考えをめぐらしているようだ。カウクは緊張のあまり熱をおびたような状態で結果を待つ。Ｋ＝２がいっしょにノームへ行くとなれば、チャンスはある。途中で封じこめるか、あるいは逃げだすのも可能だろう。

それがだめなら……困ったことになる。

「あなたのいうことを検証した結果、正当と認めます、ブラザー」と、ロボット。「ノームの警察ステーションに行きましょう！」

＊

いっぷう変わった行軍がはじまる。ノームへの距離は四十キロメートル。Ｋ＝２が許可したおかげで、カウクはジェンセンズ・キャンプで携帯食糧を食べることができた。すこし体力が回復し、自信をもって雪道を歩けるような気がする。

もちろん、グライダー探しの許可ももとめた。キャンプのガレージに使用可能なグライダーはないか。ティングマーの警告が耳にのこっており、はじめから希望は抱いていなかったが、六機ほどためしてあきらめた。どれも、エンジンをかけることすらできない。

「なぜだ?」と、K=2に聞く。「なぜグライダーは動かない?」

ロボットは特徴的な態度をしめす。立ったまま、遠くの声に耳をすますようにするのだ。おのれの能力で答えられない質問をされるたびに、管理エレメント経由で地域ポジトロニクスに連絡しようとする。そのあと、ポジトロニクスから答えを得たかのように行動。

「ハイブリッド論理はしばしば停止するもの」と、ロボット。「したがって、この地域の交通網は接続不能です」

K=2の回答はいつもカウクを楽しませた。不器用なところが人間らしく見える。プログラミングにより、無知を認めることを禁じられているため、どこからも回答を得られないときには、おのれでつくったそれなりの結論を出すのだ。交通網のハイブリッド論理などまったく聞いたことがないし、そもそもそんなものがあるかどうかすら疑わしいが。

ティングマーと連絡をとりたい。だが、K=2はそれに反対し、ラダカムの使用を妨害した。ロボットのエレクトロン意識は、ラダカムの通信領域内に生存者がいないと認識している。だから、ラダカムを使うのは意味がないし、意味がないことはすべきではない。K＝2は元来のプログラミングから、ワリク・カウクに対する命令権があると確信していた。したがって、ティングマーとのコンタクトをきっぱりと禁止した。

ニードル銃もおいていくはめになる。K＝2は自分の武装だけで充分という見解だ。武器の所持が完全に偏っていてカウクに不利なのはたしかだが、認めるしかなかった。ロボットが注意をおこたった瞬間に不意をつき、撃退できるかもしれない。目下のところ、その希望はないが。

ようやく出発。星々のかすかな明かりはあるが、真っ暗だ。K＝2はためらわず南をめざす。二キロメートル行くと、長く伸びた深い雪の吹きだまりがあった。迂回しなければならない。障害を乗りこえたあと、K＝2のうしろを歩いていたカウクは気づいた。ロボットが東に向きを変えている。

「どこに行くのだ？」

「ノームです」と、K＝2。「よけいな質問です。当初の計画に変更はありません」

「では、進む方角がまちがっているぞ」と、ロボットをとがめる。

「その主張は本質をはずれています。わたしは迷っていません！」

カウクはK＝2をいいまかす手法を学んでいた。いつも成功するわけではないが、ロボットがしっかりとした考えを持てないときにはうまくいく。

「星を見あげてみろ!」と、要求。「あれはオレンジ81で、真北の方角だ。管理エレメントに問いあわせてみるといい。ノームに向かうなら、あの星を背にして進まなくてはいけないんじゃないか」

管理エレメントに指示を仰げといわれれば、K=2は抵抗できない。耳をすますポーズをとり、数秒後に、

「検証の結果、正当と認めます、ブラザー。オレンジ81を背にして進みましょう」

*

K=2はその後もいっそうワリク・カウクから教わる傾向にあった。だが、捕虜と見なしていることにかわりはない。同行者が武器を携帯していないというだけの理由で、前を歩いている。

あるとき、カウクはためしてみようと暗闇で立ちどまった。K=2は数歩だけ進んでやはり立ちどまり、耳ざわりな声で、

「監視者からの離脱は第三級の違反行為であり、十以上十五未満ニュートンメートルのエネルギーで背中を殴打することになります。これを最初の警告とします、ブラザー」

それ以上の実験をあきらめた。規則に抵触した市民に対する殴打は、アフィリー社会で通例になっている。軽微な違反行為は殴打に処し、行為の重大さに応じて殴打の強さ

と回数が決まるのだ。

とはいえ、アフィリーの時代なら〝警告〟はなかった。違反行為が記録されると、地域ポジトロニクスが犯行現場近くのK＝2に急報し、ただちに刑罰が執行されたもの。

ワリク・カウクの同行者は処罰実行の原則を自己修正している。ある意味、捕虜に指示をうけていると承知しているらしい。K＝2の基本プログラミングには、みずからを被害から守り、機能低下を処理する任務がふくまれている。いわばエレクトロン自己保存本能を内包しているわけだ。これがいっぷう変わった行動になっているのかもしれない。

翌日、恒星が地平線上に顔を出したころ、カウクは休みたいと訴えた。これまでに二十キロメートル以上歩いたはずだから、半分はすぎている。

「任務は急を要します」と、K＝2は応じない。「あなたをもよりの警察ステーションまで連行しなくてはならないのです。一刻の猶予もなりません」

カウクはすわりこんだ。どうしようもなく疲れたわけではないが、いずれ休憩は必要になる。それには恒星が出ているあいだのほうがいい。夜の寒い時間帯に休むのは危険だ。

「任務の実行そのものが困難になるぞ」と、カウク。「わたしはもう歩けない。すくなくとも一時間の休憩が必要だ」

K＝2はすぐには信じようとせず、捕虜を抱えて立たせた。カウクはふたたびへたりこむ。K＝2は自発的に耳をすますポーズをとった。地域ポジトロニクスに意見をもとめ、協議したふりをする。その結論には心底驚かされた。

「任務に遅滞は許されません！」と、K＝2はあらためて主張。「これ以上歩く力がのこっていないのなら、わたしが運びます」

「すばらしい考えだ！」驚きからわれに返ったワリク・カウクは感激し、「だが、どうやって？」

K＝2はひざまずき、

「肩に乗るのです！」と、命令。

カウクはいわれたとおりにした。

「顎に手をまわしてください！」

両手をロボットの顎にまわしてつかまると、K＝2は立ちあがった。カウクのからだが揺れる。バランスをとりもどし、ロボットは無言で歩きだした。ここにきてカウクは、しだいに奇妙な状況を意識しはじめる。いま起きていることをだれも目撃していないのが残念だ。K＝2というアフィリーの厄介者が、疲れはてた人間を肩車している！

「きみは友だ！」と、カウクは感謝をこめて、「尊厳と崇高さをたもち、状況の変化に耐えている。そんなきみをアウグストゥスと名づけよう……！」

5

ブラフ・ポラードは若者特有の活力でショックから立ちなおった。

カドリーの群れのために食糧を探す。犬たちは寮のわずかなストックでひどい空腹をいやしたあと、ブラフについて水産物工場の複合建築物までやってきた。倉庫に通じる扉を開けても、動くものはやはり自分たちのほかにいない。扉を重い金属棒で次々にこじあけ、たたき割って進む。

カドリーと群れが食べ物をむさぼるあいだ、ブラフは工場のオフィスに立ちよった。ここにもだれもいない。自分は筆舌につくしがたいカタストロフィを生きのこった唯一の人間かもしれない……その考えがはっきり意識に植えつけられた。これから検証作業をしよう。自分の考えが正しいことをしめす証拠を集めるのだ。

はっきりと感じるのは、おのれの内部に生じた奇妙な変化である。これまで感じたことのない気分にとまどった。カドリーが群れに迎えいれてくれたことがうれしい。心のなかに温かさがひろがる。心地よい感情だとはいえ、これまで経験したことがないため、ひどく混乱していた。

ブラフ・ポラードには高い知性がある。しかしこれまでは、その知性によってものごとの関連を認識するのでなく、純粋理性の光に照らして関連づけるよう訓練されてきた。その理性の教えが突然、空虚で役にたたないように思えてきた。どうしていいのかわからないまま、まずは考えてみる。人類が純粋理性の教えを唯一正当なものであると認めるようになったのは、比較的、最近のこと。四十年あまりしかたっていない。のちに〝変節者〟と呼ばれるようになるレジナルド・ブルが、〝理性の光〟という筆頭の位置を占めてからだ。

ブラフは自問する。この時代の前、人間はどういう考え方をしていたのだろう。純粋理性の教えはなんらかの自然現象の結果で、それが人間の意識を変えたのだろうか。もしこの推論があたっているなら、カタストロフィには自然現象の影響を無効にする効果があったのかもしれない……そのカタストロフィのせいで自分は唯一の生存者になってしまったが。意識の変化は相殺され、人間はもとにもどるのではないか。自然現象が起きる前の時代にそうであったように。

人間……と、ブラフは考える。

わたしは人間ブラフ・ポラードだ！

新しい自分を心地よく感じる。おのれの内部に生じる心の動きを探りだそうと、あらゆる感情に耳をすませた。不安は以前から知っている感覚だ。たとえば、水産物工場の扉を壊して、警報がけたたましく鳴った瞬間に生じた感情……だが、それは冷たい手で首を絞められるのとはわけが違う。ショックというより、むしろ力強いエネルギーのインパルスのようなもの。すばやい行動が可能になる。警報が鳴ったら、安全が確保されるまでのあいだ、ただちに倉庫の棚にかくれるというふうに。

この心の動きに対し、ブラフは奇妙に反応した。突然、喉がむずむずする感じがして、声のかぎりに笑ったのだ。こうした笑いはこれまでまったく未知の事象である。純粋理性の原則では禁じられていた。笑いは感情に拘束されていることをしめすから。しかし、笑うのはいいことだ。笑う理由をできるだけ多く持ちたいもの。

カドリーや群れの犬に関しては、まだわからないことが多かった。これまで犬と関わったことはほとんどない。犬は生産的な動物ではないし、人間の連れとしての役目は終わっている。まして、犬が人間の〝友〟だという概念はまったく理性的でない。しかし、数すくない関わりを思いだしてみても、犬が計略を謀ることなど一度もなかった……カドリーの群れがトンネルで待ち伏せていたようには。

カタストロフィが犬にも変化をもたらしたのだろうか。さらなる知性を授かったのか？　いまのところ、説得力のある答えは出ない。次から次へと答えを出さなければならない疑問がうかび、おちついていられない。

この苦境をどうしたものか。パイオニア・センターに教材があるとはいえ、犬の行動に関してなにかわかるだろうか。

そのとき、アイデアが浮かんだ。どこかに純粋理性の教え以前の時代に関する情報があるかもしれない！

ぞくぞくするような興奮をおぼえる。すぐにも立ちあがって探しにいきたいが、どこへ向かったらいいのか見当がつかない。出発するにしても、目標がないと。まずはよく考えて計画を練ろう。

そういう古い情報を得るのに、ノームは適切な場所ではない。ここはもっぱら、北極海やベーリング海の資源を凝縮口糧に加工する食糧生産のためにある。文化的な面でさほど重要な町ではないのだ。古い資料はアーカイヴといわれる建物や部屋に保存されている。ノームにはひとつもないはず。

つまり、どこかべつの場所を探すしかない。

ノームを出なければ……！

興奮がよみがえってきた。冒険が待ちかまえている。

しかし、どこへ行けばいいのか？

バンクーバーはどうだろう。大都会だし、まちがいなくアーカイヴがある。だが、妥当な選択ではない気がした。自分はこの惑星上で唯一生きのこっている人間なのだ！

一度も行ったことのない遠くはなれた場所はどうだ？

首都のテラニア・シティ……！

唐突に計画がかたまった。首都を見てみよう。純粋理性の教え以前の資料があるとすれば、テラニア・シティのほかにない。

日が長くなったら出発しよう！

ノームから首都までは六千キロメートル。だが、このときはまだそれに頭を痛めることはなかった。

＊

そのあとの数週間でブラフ・ポラードが学んだのは、新しい自分を待ちうけていたのがよろこびや笑いや興奮だけではないということだった。計画をひとつずつ練りあげるさい、克服できそうもない障害が目前にそびえ、いいようのない絶望感におちいった。以前には知らなかった嫌な感覚である。なんとか逃れるすべを探した。気晴らしをするのもそのひとつ。計画を練るのをきっぱりとやめ、ほかのことをするのだ。犬といっしょに寝を住み心地よくした。食糧に不足はない。数匹の雌犬が生んだ子犬と戯れるのも楽しい。

気晴らしはもうひとつあった。テラニア・シティに到達するにはベーリング海を越えなくてはならない。それには移動手段が必要。自動制御の漁船団が使うような船は、どうやって動かすのかさっぱりわからないから論外だとして、のこされた可能性は、個人が都市間交通に利用する飛翔車輛しかない。グライダーだ。これに関しても完全に素人だが、乗ったことはあるし、操縦手順がそう多くないというのも見て知っている。若干の操作は無理にでも習得すればいい。

群れの一部を連れてグライダー探しをはじめた。数機を発見。飛行中にカタストロフィに遭遇し、事故を起こしたものらしい。被害の軽そうな数機を動かそうとしたが、うまくいかない。外から見た以上に損傷が大きいのだろう。

そのあとも数軒のガレージに侵入し、ほとんど損傷のないグライダーを見つけた。計器類に細かくラベルがはられていて、エンジンをかけるにはどのスイッチをまわし、どのスイッチを押せばいいのかわかる。だが、いくら操作してもエンジンはうんともすんともいわない。

カタストロフィは人間だけではなく、機械にも影響をおよぼしたのだろうか。そうでもなければ、理由がわからなかった。カタストロフィによってなにか変化が生じ、グライダーのエンジンが作動しなくなったとしか考えられない。

絶望の感情に打ちのめされそうだったが、犬の群れを連れて港まで歩くうちに消えていた。恒星が南の水平線ぎりぎりにはりついている。日中の明るい時間がすでに二時間ほどになっていた。恒星は巨大な赤いボールのようだ。海面すれすれにあり、反射光があまりに強いので、まぶしくないように薄目にする。

そのとき、たいらな海面から突出する起伏に目がいった。最初、なんなのかわからなかった。港まで駆けおり、海面をじっと見つめる。巨大な流氷だ。満ち潮に乗り、ふたつの突堤のあいだを押しよせてくる。海上の氷なんてこれまで見たこともなかった。だが、寒い冬の朝に水たまりが凍るのは知っている。直感的に関連性を理解した。今年はこれまでに経験したどの冬よりも寒い。その結果が氷だ。明らかに海が凍結しかけている。

どうやって海をわたるかという問題がこれで解決した！　ベーリング海が充分に凍らなくても、大きな流氷に乗れば、海をわたってユーラシア大陸に行ける！　オールをつくって流氷を操れるようにしよう。もちろん、両大陸がいちばんせまくなる場所に行かなければならない……ウェールズか、あるいはイクペクへ。

ブラフ・ポラードはトランス・ベーリング橋を知らなかった。純粋エネルギーからなる橋なので、たとえ知っていたとしても、まだ存在しているのかどうか疑問に思っただろうが。

絶望を克服する第二の道が見つかった。問題に対処するさい、あきらめてはいけない。新しい解決法を探らなければ。

さっそくノームを出発する用意にとりかかる。

＊

ブラフは携帯食糧を集めはじめた。ノームからウェールズまでは二百キロメートル。何日もかかるだろう。カドリーや群れの一部といっしょに行けるだろうか？

スポーツ用品店にはいり、ベルトで肩にかけられるバッグをまとめて調達。多少の工夫を施したあと、カドリーを呼び、バッグを胴体に固定した。犬はそれを見て意図を察したようだ。ブラフが最後のベルトをとめおえると、カドリーは地面に積み重ねてあったのこりのバッグを鼻面で押し、鋭くひと声吠えた。強そうな犬が五匹やってくる。カドリーは何度かうなり、犬たちの注意を自分のバッグに向けようとした。すると、ブラフのすぐ前に一匹が立つ。まるでバッグをつけてもらうのを待つかのように。

ブラフはおおいに楽しみながら作業をし、ようやくぜんぶの犬にバッグをつけおえた。つけながら、用心深く計画を話して聞かせる。犬たちはまるで話を理解したかのように尻尾を振った。

それから、六匹の犬につけたバッグをいっぱいにするために出かけた。自分にも犬にも食糧が必要だ。犬のぶんは水産物工場で見つけた凝縮口糧でまにあわせる。自分用にはすこし趣向を変え、缶詰を数ポンド調達。ほんものの肉をふくみ、缶を開けた瞬間に自動的に温まるタイプだ。何度か食べたことがあるが、豪華な内容である。

水の心配はしなかった。大地は雪でおおわれているから、手ですくって口でゆっくり溶かせば渇きをいやせる。

パイオニア・センターの教材から地図を手にいれ、進もうと考えているコースを定めた。オレゴンからつづく原野を越え、キグルアイク山脈の西側斜面をぬけて、テラーに進む。テラーからは泳ぐか、流氷づたいにクジトリン川のフィヨルド河口を横断。海岸ぞいにブレヴィグ・ミッションを経由し、ロスト川、ティン・シティをへてウェールズをめざす。うまくコースを維持して進むことができるかどうかわからないが、地表の詳細なデータが正確に記された地図をあてにするしかないだろう。

六匹とともに最後の携帯食糧調達から寮にもどったのは、もうずいぶん遅い時間だった。雪が積もってかたくなった道を歩き、未知の星ばかりが輝く空をときおり見あげる。

突然、カドリーがとまり、ちいさく吠えた。ブラフも立ちどまる。暗闇から規則的な重い足どりが聞こえた。耳鳴りがする。自分のほかにも生存者がいたのか？

奇妙な姿が暗闇に浮かびあがる。人間のようなシルエットだが、背丈がゆうに二メートル半はあった。道にそって無言で歩いてくる。まぎれもなく、若者と犬六匹のほうに向かって。

弱々しい星明かりの下で、黄褐色の制服を確認。K＝2だ！　新しい自分に慣れたブラフにとり、純粋理性時代の治安ロボットは、いまわしい非人間的圧政の被造物にほかならない。

よく考えもせず、直感的に反応した。

「かかれ、カドリー！」おさえきれない怒りをこめて叫ぶ。

＊

ボールドウィン・ティングマーは寒さで意識をとりもどした。

頭が割れるように痛く、胃がむかむかする。眠っているあいだ、ブランコに乗っているように揺さぶられたためか、いっそう気分が悪い。

ひどく冷える。両手でからだを起こし、その下にある白い半透明の表面を見た。そこかしこで星の光が反射している。

氷だ……混乱した意識のなか、考えがまとまっていく。

立ちあがると、近くに奇妙な輪郭をした構築物があった。そばまで行き、警察用グライダーの残骸だと確認。

これを動かそうとしていたのを思いだした。何日も苦労して作業したあげく、ようやくうまくいったのだ。グライダーで上昇し、それから……

なにか些細なことを見逃したにちがいない。予想外の安全装置が機内にあったとか。

オートパイロットは使用権限者として認知したが、以前からの沿岸砲兵部隊は、どうやら違う見解だったようだ。

惑星全体がカオス状態におちいったのに、沿岸砲兵部隊がまだ動いているとは。だがよく考えてみれば、背後にたしかな論理がある。危機対策機能にもとづき、防衛・監視用設備はエネルギー的に独立していなくてはならない。局所的なエネルギー供給網が麻痺したせいで砲撃を中断するなど、あってはならないから。

その種の独立した装置がステーションで作動し、ティングマーのグライダーに砲火を浴びせたのだろう。降りかかった災難をそう説明するしかない。制御ポジトロニクスが警察グライダーの使用権限をたしかめた結果、満足のいく回答が得られなかった。そこで、完全自動制御のステーションがパイロットを犯罪逃亡者と認識し、攻撃。

つまり、そういうわけである。

だが、それは副次的な問題だ。だいじなのは、いまどこにいるのかということ。

波の音や水がはねる音が聞こえる。周囲では星々のゆがんだ光が揺れて光っている。沿岸砲兵部隊の攻撃をうける前、氷片が海中を押し流されていたのを思いだした。

流氷……！

流氷のおかげで助かった！　墜落時に操縦席からほうりだされたのだろう。明るい氷の表面に、血の跡と思われる暗い染みを発見。額に手をやると、髪の生えぎわにかさぶたがあった。頭が痛いのはこれが原因だ。かなり強くぶつけたのだろう。命があったのは奇蹟というしかない。

乗っている流氷を歩測してみた。楕円形で、縁まで歩いて長さ二百歩ほど。かなり大きい。流氷の縁を歩きながら、なにか見えないかと何度もまわりに目を配った。弱い星明かりのなか、特定の方角に暗いラインがあるのがわかる。ラインの向こう側には星明かりが見えない。岸にちがいない。

前方に注意をこらす。岸に近づいているようだ。グライダーの残骸でオールとして使えそうなものはないかと探した。よさそうな被覆のかけらを見つける。流氷のすみにしゃがみ、狂ったように漕ぎはじめた。

*

何時間も漕いだ。いまにも力がつきそうだ。南の方角が明るくなり、恒星の赤い環が水平線上にあらわれた。暖かい光に元気をもらうと同時に、救いの岸まであと数百メートルだとわかる。

その直後、流氷がふたつに割れた。グライダーがのこった大きい部分はバランスを崩してかたむき、残骸は海に沈んだ。

おかげで作業が楽になる。大きな流氷を苦労して動かしていたが、これでちいさい部分だけを制御すればいい。まもなく流氷は岸に乗りあげた。足首まで海水につかって陸にあがり、疲労困憊《こんぱい》して雪に倒れこむ。

まだ生きていられるのは耐寒服のおかげだ。寒さが皮膚にまで浸透しないですむ。だが、ほかの面は防護できない。墜落がひどくこたえた。急いで動くと胸に刺すような痛みを感じる。たぶん肋骨が何本か折れたのだろう。

肉体の負傷よりもつらいのは精神的ダメージだ。ようやくからだを雪から起こし、よろよろと歩きだす。赤い恒星の光の向こうに見えるティン・シティの家なみをめざしながら、心の底まで敗北感に打ちのめされていた。警察グライダーを動かせるようにし、とらわれの境遇から逃れるという大きな夢が、無に帰したのだから。べつのグライダーを見つけてオートパイロットを操作し、あらためて飛ぶこともできる。だが、どこの自動制御ステーションがまだ作動しているのかは知りようがない。命を危険にさらしながら飛んだとしても、もし次に墜落した場合、今回のように助かる見こみはない。

ハムリーズ・バーにもどり、ワリク・カウクとのコンタクトを試みた。この惑星に生きのこった唯一の相手と会話すれば、絶望から救われるかもしれない。流氷の上で意識を失っていたのは十八時間ほどか。原始的なオールで漕いだ時間をくわえると、いまわしい遠出から一日は経過している。そのあいだにカウクがもとの居場所にもどっていてくれればいいのだが。

五分間つづけて呼びだしコードを発信し、あきらめる。ワリク・カウクはいなくなった。ふたたびこの惑星でたったひとりになってしまったのだ。

その晩、ティングマーはハムリーズ・バーで浴びるほど酒を飲んだ。

＊

そのあとの数日間、ボールドウィン・ティングマーは無目的にすごした。警察グライダーで飛ぶのに失敗し、ワリク・カウクとのコンタクトにも見こみが持てず、これからどうしたらいいのか考えられない。時間をつぶすことだけを探した。たいていはハムリーズ・バーにいて、酒で不安をまぎらわしたが。

身の危険はまるでないのに、警察ステーションでK＝2から奪ったブラスターをいまも身につけている。最後にカウクとコンタクトをとろうとした晩、ラダカムの前に立って罰あたりな言葉を吐いたあと、武器をかまえて撃ちまくった。装置が灰の山となり、煙がくすぶるまで。

やがて、思いたつ。ティン・シティの家を一軒ずつ捜索してみよう。

だが、たいしたものは見つからなかった。ハムリーズ・バーで最初の日に気づいたのと同じく、それまでの生活からいきなりひきはがされた徴候があちこちにある。多くの家で食べかけの食事がのこされていた。まさに履こうとしておかれた数足の長靴がのこされた小屋もあった。ちょうどこれを履いて出ようとしていた人々を、カタストロフィがとらえたのだろう。

技師は考えた。人々はどこに消えたのだろうか。とっぴな想像や奇怪な考えもうかぶ。多少を問わずアルコールを摂取しているため、つねに混濁状態だから。たとえば、カタストロフィの瞬間に未知の力が地球上をひと吹きし、全人類を連れさったとか……五次元の世界からきた圧倒的存在からすれば、建物の壁も深い縦坑も、フォリオの切れはしをなでるようなものだろう。

だが、そこで壁にぶつかる。もし想像どおりのことが起こったのだとしたら、だれもいなくなった惑星に、よりにもよってなぜ、この自分がとりのこされたのだ？　自分になにか特別なものがあったのだろうか？　それとも、五次元性の存在が介入するさい、なんらかの統計的原則が作用したのか……たいていはとらえられるが、ほんのわずかはのこされる、というふうに？

可能性ふたつのうちでは最初のほうが気にいった。ボールドウィン・ティングマーは特別なのだ！　こうして生きのこったこと自体、この惑星にいたほかの者とは違うということ。わたしがまだここにいる事実は、上位の力に連れさられた人々より優位という証明では？

自分がすぐれているという高ぶった感情に酔いしれ、さらに飲んだ。飲めば飲むほど、確信する……はかりしれない運命が、なにか大きなことのためにわたしを選んだのだ、と。酩酊状態でいれば、それがどんなことなのかを問わずにいられる。

こうしてティングマーは漫然と暮らした……たいていはハムリーズ・バーで。ときどきはティン・シティの荒野で〝調査〟をした。昼間の時間がだんだん長くなっていく。そんなある日、町の東端へ出かけ、物音を耳にした。雪でおおわれた平原を、なにものかが高速で近づいてくる。

驚いて顔をあげると、なにか見えない力によって高く巻きあげられた雪の柱が遠くに見えた。ティン・シティの集落のほうにかなりの速度で迫っている。ティングマーはいつも手もとにおいているたいらなプラスティック容器に手を伸ばし、強い酒を飲んだ。それから容器をポケットにしまい、ブラスターをとりだす。アルコールでぼやけた目つきで武器を眺め、ろれつのまわらぬ口で、

「ほ、ほら……だれかが一発くらわしにくるぞ、ティニィ。こ、こっちが、やっつけてやる！」

6

アウグストゥスが風変わりな荷物を運んでノームについたのは、もうずいぶん暗くなってからだ。オレンジ８１は信頼にたる指針だと証明された。ロボットのとったコースは正確に北西アメリカ行政府に向かったのだ。百メートルを超える高層建築複合体である。ワリク・カウクはかつぎ手を誘導し、複合体周辺をめぐって西の方角へ行かせた。道幅のひろい北側の幹線道路を横切る。道路ぎわにグライダー数機の残骸があり、数人が飛行中であったことをしめしていた。

ロボットは道路の反対側へゆっくり歩き、雪でおおわれた公園に進入。飾りけのないさいころ状の建物を通りすぎる。犬がうろついていた。公園のはしまでくると、カウクの指示で、両側に高層の商業ビルやオフィスビルが建ちならぶ道に曲がる。ワリク・カウクが重役を務める会社の本社もその道路ぞいに建っていた。

アウグストゥスの上は風通しがよく、ほんとうに気持ちいい。肩から降ろされたら、歩きだすのに数分はかかりそうだ。ずっとすわったままで脚がこわばっているから。ここまでの道のりを自分の脚で歩いてきたらと想像すれば、すこしのこわばりなどたいしたことではないが。

アウグストゥスはノームに明るくない。管理エレメントのインパルスを近くに感じられないという。そのため、行政府の建物をもよりの警察ステーションだと指示するのは容易だった。ロボットはしっかりした足どりでそこをめざして歩き、警察ステーションと思われる安全な壁の内側で〝荷物〟を降ろそうとする。

ところが、そうはいかなかった。

暗いなか、高いところにすわっているカウクは、雪上に点のようなものをいくつか見つけた。動いている。アウグストゥスは気づいていないか、あるいは認めようとしない。ロボットにとり、PIKの放射を認識できない生物は存在しないも同然なのだ。なぜカウクを例外あつかいしたのかは、知りようもないが。

近づくと、犬六匹の群れだとわかった。妙にでっぷりした体形をしている。あとでわかったことだが、バッグをからだにつけていたのだ。〝荷物〟をのせたロボットを待ちうけているようにも見える。数秒後、カウクは壁のところを左にすばやく動く影に気づいた。驚きのあまり言葉が出ない。人間の姿だ。呼びかけようとしたが、驚愕がおさまらないうちに、見知らぬ男は鋭い声で命令を発した。

「かかれ、カドリー！」

犬たちはすばやく反応。いっせいにアウグストゥスに襲いかかる。獣の筋肉質のからだが激突し、ロボットは一瞬ぐらりとした。ワリク・カウクがうかつにも、危険を感じて降りようとしたため、バランスを崩してしまう。

アウグストゥスが大きな音をたてて雪のなかに転倒。カウクは横にころがり、どこかに頭をぶつけた。目から火花が散る。やっとの思いで立ちあがろうとしたとき、二匹の犬がうなり声をあげて喉に嚙みついてきた。渾身の力をこめて一匹に殴りかかる。すこし息をつき、横に逃れようとしたそのとき、犬四匹に襲われたアウグストゥスが武器に手をかけたのが目にはいった。

「撃つな、アウグストゥス！」と、声をかぎりに絶叫する。

*

ブラフ・ポラードの目の前で、未知存在が犬六匹に強襲されて地面に倒れた。そのとき、奇妙なことが起きる。倒れたあと、未知存在がふたつにわかれたのだ。驚愕した若者は数秒のあいだ、なにが起きたのか理解できなかった。K＝2の姿を見て抑制しがたい怒りがこみあげたのだが、人間を背負っていたとは！

自分以外に大カタストロフィを生きのこった唯一の人間に、犬たちが襲いかかる。ブラフは混乱のあまり、それをなすすべもなく見た。石のようにかたまり、声が出ない。

黄褐色の制服を身につけたロボットが力強いこぶしで犬を打ちのめして追いはらい、武器に手をかけた。その瞬間、見知らぬ男が叫んだ。

「撃つな、アウグストゥス！」

ブラフは硬直状態から脱し、

「カドリー、もどるんだ！」と、かすれ声で叫ぶ。

犬たちはすぐにしたがった。尻尾を振りながらブラフのもとにもどり、足もとにうずくまる。K＝2は銃身を下に向けたまま、動作の途中で停止したかのように身動きしない。背負われていた人間がおぼつかない足どりでやってくる。安全な距離をたもってブラフを見つめ、

「犬をしずかにさせてくれ、ブラザー！」と、たのんだ。「話しあおうじゃないか」

「犬は大丈夫です」と、ブラフ。「でも、ロボットは？」

「あれはわたしのコントロール下にないんだ」男が答える。「理性的に行動するよう願うしかない」

見知らぬ男は道路をわたってきた。ブラフの前に立つと、手を伸ばす。若者はその手を握った。それはどこかおごそかな光景だった。大カタストロフィを生きのびたふたりの人間が握手している。

「わたしはワリク・カウク」と、男がいい、「ノームに住んでいる……というか、住ん

でいた」

ブラフも名乗った。

「なぜ生きのびられた?」と、カウク。「〝ピル〟をのみすぎたのか?」

若者はかぶりを振る。

「わたしは寄宿生なので、〝ピル〟は手にはいりません」

カウクは驚いた。自分とボールドウィン・ティングマーの事例を見るかぎり、生存の理由は〝ピル〟の過剰摂取によるものと考えられそうだったから。もし、カタストロフィを克服して生きのびる可能性がほかにあるとすれば、地球はこれまで恐れていたほどからっぽではないかもしれない。

「いっしょに寮にきてください!」と、ポラードがうながす。「ノームで唯一、暖かい場所です」

陽気に目を輝かせる若者を見て、カウクは驚いてたずねた。

「暖かい?」

「犬を訓練して薪を集めました。キッチンではいつもちいさな火が燃えています」

聞くと、とくに集中して訓練したわけではないという。なにが必要なのかを一度カドリーに教えると、そのあとはスムーズに薪集めができたとか。

「よろこんで行くよ」と、ワリク・カウク。「だが、まず友の面倒を見なくては」

「友……？」

若者の声には明らかに否定的なトーンがふくまれていたが、

「かれがわたしになにをしてくれたか知ったら、きみの目は涙でうるむよ、若いの」と、カウクはいった。

＊

アウグストゥスに顕著な変化が生じていた。転倒の勢いがはげしかったせいか、あるいはＰＩＫを持たない動物と衝突したせいか。

「武器をしまうんだ！」と、ワリク・カウクが命令。

Ｋ＝２はすぐにしたがう。

「若者と犬はわれわれに好意的だ」と、カウク。「敵とみなしてはいけない」

いつものように耳をすますポーズもとらず、アウグストゥスは即答した。

「敵とみなしません」

面食らった。いままでとは違う。ロボットが突然、従順になったのだ。カウクはこのチャンスを利用することに決め、要求してみる。

「武器をわたせ！」

アウグストゥスはブラスターをぬきとってカウクにわたした。ほっとする。これで目を開けているかぎり、危害をくわえられることはない。

「この地域の警察ステーションはぜんぶ閉鎖されている」と、カウク。「つまり、わたしを連行する場所はない」

「わかりました」と、アウグストゥスが答える。

ワリク・カウクは振りかえり、すぐそばの建物に開いたドアを見つけた。

「ここで待て！　急いでかたづけなければならないことがある」

それは本当だったが、アウグストゥスの反応をためしたい気持ちもあった。ロボットは完全に静止。捕虜を監視するつもりがないのは明らかだ。カウクがはなれても、第三級の違反行為とみなしていない。

半ダースほどの部屋を探しまわり、携帯ラダカムを見つけた。ボールドウィン・ティングマーのコードを呼びだす。だが、ちいさなスクリーン上に、その呼びだしコードが存在しないことを表示するマークが点灯。驚きのあまり、あとずさった。

どうしたのだろう？　事故に見舞われたか、爆発かなにかで装置が破壊されたか？

カウクは考えこみながら、道路にもどる。

「なにかあったのですか？」ポラードがたずねた。

「ティン・シティにもうひとり生存者がいたのだが……突然、姿を消した」

ブラフは驚き、

「探しにいきましょう」と、提案。「いずれにせよ、あす出発するつもりでいたのです」

「どこに？」

「ウェールズ……そのあと、流氷に乗ってベーリング海峡を越えようと」

「それから？」

「なんとかして、テラニア・シティへ」

ワリク・カウクは笑った。

「われわれ、同じことを考えていたようだ」

＊

暗い雪道を進む。寮にはいると煙と犬の匂いがした。暖かい。ひろい自動キッチンに赤い火が燃えている。火勢は衰えていたが、薪をくべるとたちまち炎が大きくなった。犬たちが思い思いにふるまうなか、ふたりはすわり、ブラフが集めたものを食べたり飲んだりした。カウクは奇妙な気分に襲われる。これまでの人生で、一度もいまのような感じを抱いたことがなかった……若者とすぐに友となるとは。だが、自然のなりゆきではあった。孤独な惑星で人間ふたり、友情をむすぶ以外にできることはない。

ふたりは過去について話した。ブラフが八歳のときに脳手術をうけたと聞き、カウクは考えた。手術の結果、意識になんらかの変化が生じ、それが原因で生きのこったのかもしれない。人々が消えさったのは、まずなによりも超心理性の影響によるのではないかと、ワリク・カウクは確信していたのである。とはいえ、人々の肉体がどうなったのかという疑問には答えられないままだが。

ブラフは自分の計画を説明した。犬六匹を連れてオレゴンからつづく原野を越え、テラー、ロスト川、ティン・シティをへてウェールズに行き、そこから流氷に乗って海峡をわたると。カウクも計画にくわわるつもりだ。なにも持たずにきたわけではない。アウグストゥスがいれば貴重な貢献ができるだろう。念のため、同行する気があるか聞くと、ロボットはまったく反対しなかった。

「長期的展望にたてば」と、カウク。「操縦可能なグライダーがほしいところだ」

ブラフはグライダーを動かそうとしたのだという。ワリク・カウクもジェンセンズ・キャンプで同じことをした。

「グライダーには二種類ある」カウクはつづけた。「ひとつは個人所有のもので、通信制御の交通網システムに接続している。通信がダウンしているから、これは使用に適さない。もうひとつは公共機関のグライダーだ。とくに警察用のはシステムと関係なく飛べる。だが、動かすにはコード入力が必要。それをわたしは知らない」

カウクは肩をすくめ、

「というわけで、望みはない」と、しめくくる。

「K＝２はなにかできないのですか？」

「聞いてみたが、グライダーのことはなにも知らないらしい」

ポラードが不満げに炎を見つめる。

「そうだ！」カウクはいきなり声をあげ、目を輝かせた。

若者が見あげる。

「なにかアイデアでも……」

「ああ。なかなかのアイデアだぞ、若いの！」と、叫び、ブラフの肩を勢いよくたたく。

「善良なる老ケルコを忘れるところだった！　ケルコ・ゴルヴィン。世捨て人にして、古代テクノロジーの専門家だ……！」

＊

「なんですか、これは？」ブラフ・ポラードはホールの大部分を占めている金属製の〝怪物〟をさししめした。

「聞かないでくれ、若いの！」と、ワリク・カウクは笑い、〝怪物〟の周囲をまわる。

「ケルコがマシンのどこかにメモをのこしているはず。それを見つければ、われわれもたいしたものだが」

そのホールは人目を引く私有地の庭に高くそびえていた。アウグストゥスと犬三匹を外で待たせ、なかにはいる。ケルコ・ゴルヴィンが金持ちなのは明らかだ。

カウクがマシンと呼ぶ〝怪物〟は、基部が楕円形で長さ十八メートル、幅六メートル。底の部分はやや膨らんだ金属板でできている。その上部に長く伸びたキャビンがあり、前方のちいさな部屋が操縦室だ。噂によれば、ケルコ・ゴルヴィンは原則的に過去の飛翔車輛だけを趣味としたとか。したがって、このマシンも飛翔車輛にちがいない。キャビンのほかの部分にはベンチがいくつかあった。

ホールの壁ぞいに戸棚に似た家具がならび、いくつかには原材料やスペアがはいっていた。スペアのなかには古すぎるものもまじるが、工具を見ると、ケルコ・ゴルヴィンはことさら好んで最新式の器具をもちい、古代テクノロジーを研究したらしい。

戸棚は本来の用途と異なる使い方がされていた。ブラフが開けて最初に見つけたのはマイクロフィルム・リーダーである。〝ゴルヴィン・モデル〟らしく、信じられないくらい古い。バッテリー・ケースも発見。現代の長寿命の核バッテリーをおさめるものだ。ブラフはメインスイッチをいれた。装置内部のどこかが点灯し、スクリーンが明るくなる。スクリーン上に、古代のものと思われる図面が出現。ホールにあるマシンだ。図面の下には古めかしい文字で言葉が記されている。若者は苦労のすえに判読した。

〝ホヴァークラフト　ワットリー&デイヴィーズ・モデル、一九五八年〟

「これです!」ホールの向こうに叫んだ。「正体は不明ですが、名前がわかりました!」

カウクが急いでやってきた。はるか昔の古い文字と美辞麗句がならんでいるが、ふたりは一枚ずつマイクロフィルムを読みすすめ、千六百年以上前の古いメモを判読。シャフト、二重星型エンジン、オクタン価、フィン、送風機、タービン、フローベクトルについて書かれている。だが、ほとんどわからない。最後のほうに操作法が記述してあり、さらに数枚、現代語で書かれたマイクロフィルムがあった。いま入手可能な燃料でこのマシンを動かすことができるように、ケルコ・ゴルヴィン自身が原型にくわえた変更を記述したものらしい。

「六十ノット……」ポラードがつぶやくように読む。「ノットってなんですか?」

「それならわかるぞ!」カウクは興奮して叫んだ。「一時間あたり一海里を進む速度のことだ」

「なるほど! で、海里というのは?」

「千八百メートルあまりの距離……」

「とてつもなく速い船ですね!」ブラフが皮肉をいう。

「急ぐわけじゃないだろう?」と、カウクは笑った。

フィルムに書かれた決定的部分を読みかえす。この古代グライダーは各種の送風機で生みだされるエアクッション上で動き、水陸両用である。一・三メートルまでの高さの波は障害にならない。

燃料にはガソリンを使用。ガソリンのことは知っていた。除草目的の焼却に使う。ケルコ・ゴルヴィンによると、古い時代には内燃機関のエネルギー源として利用されていたらしい。いくつか疑念が浮かんだ。燃料タンクの残量測定や検針について書かれた部分を丹念に読む。

カウクはホヴァークラフトによじのぼり、操縦室のハッチを開けた。記述のとおり、ダッシュボードが見つかる。メイン・スイッチの役目をするのは旧式なキイ。奇妙なぎざぎざのある開口部にさしこみ、回転させるしくみだ。

キイをストッパーまで回転させると、一ダースほどあるちいさな制御灯が息を吹きかえした。目盛りのついた白いスケール上を針が振れはじめる。カウクはタンクの充塡度をしめす装置を探した。

半分以上はいっているのを確認し、安堵する。

「ゲートを開けてくれ！」開いているハッチから下のポラードに呼びかけた。

「なぜです？　まさか、こんなもので飛ぶつもりじゃないでしょうね？」

「まさにそのつもりだ！」と、カウクは大声でいう。

若者はホールの重いゲートを高くひきあげた。以前は電動で開閉していたもの。だが、ゴルヴィンは過去とともに生きた男だ。昔の人間同様、最新のエネルギー源がつねに豊富で故障なく機能するなどと信じてはいない。自分が手本にした時代の人々のように、いつもどこかに技術的ぬけ道を用意してあった。そういうわけで、このゲートも手動開閉できるようになっている。ザイルをひいて歯車をまわせば、ひとりでもなんなく動かせるのだ。

ホールのグラシット屋根や開けはなたれたゲートから赤い恒星の光がさしこむなか、カウクはマシンを操作してみた。人間が建造した飛行車輌を、大カタストロフィ後にはじめて浮かびあがらせようというのである……たとえ、惑星地表からほんの二、三メートルだとしても。

ボールドウィン・ティングマーの不運な実験に関しては知るよしもない。地球のどこかべつの場所で、自分と同じように果敢な挑戦をしたとは思ってもいなかった。

スイッチをいれる……と、突然、足の下で重い轟音がしてマシンが震えはじめる。カウクは開いているゲートをうかがった。オートパイロットの力を借りずに、おのれの能力であそこをぬけるしかない。

埃が渦巻いた。走行レバーを前方に倒すと、騒音が強くなる。すると、マシンの震え方がいきなり変化。振動が速くなると同時に体感度がちいさくなった。

若者がゲートの下に立ち、なにか叫びながら腕を振っている。ワリク・カウクにはロを開いたり閉じたりするのが見えるだけだが。騒音が大きすぎて声が聞こえないのだ。ブラフの声は聞こえなくとも、自分の作業に集中。ホヴァークラフトが地面から浮きあがった。

前進走行に切りかえる。テクノロジーに関する理解は深くないが、生活のなかで知恵と経験を積んできた。あわてるのは失敗のもと。細心の注意をはらい、二番めの走行レバーを操作した。爆弾の起爆装置をあつかうかのように。

マシンがゲートに向かってゆっくり移動する！

レバー操作でコースの左右補正ができるようになった。一センチメートル進むごとに、制御メカニズムを会得。とびきり高感度ではなく、ほっとした。左右がはっきりわかるほど方向転換するには、レバーをかなり大きく動かす必要がある。

気がつけば、ゲートのすぐ目の前にきていた。

レバー操作の練習はやめ、コース設定だけに集中。ゲートはホヴァークラフトが通過するのに充分な幅があるとはいえない。どこにも傷をつけずにすめば、それだけで充分な成果だ。

ワリク・カウクは成功した！

マシン全体を開口部からひきだすのに四分かかったが。

外に出て、中庭の滑らかな平面で、もう一度短くアクセルを踏む。それから飛行車輛を地面に降下させた。キイをまわしてエンジンと電気系統を遮断。両手が震えている。

それでも、誇らしい気分が体内に満ち、おさえきれない。

これでもう、テラニア・シティに向かう道を阻むものはない！

ワリク・カウクはすこしおぼつかない足どりで、ホヴァークラフト基部のフェアリングを越え、ようやく中庭に降りる。ブラフが目を輝かせながらいうのが聞こえた。

「やりましたね……！」

*

あまりの騒音に犬たちは逃げだしたが、アウグストゥスは最後まで耐える。最高の勝利の瞬間、ロボット一体だけがおのれを制御していた。平然とカウクに歩みより、例の耳ざわりな声で、

「この飛翔車輛は公共の場での使用を許可されていません、ブラザー！」

カウクとブラフは茫然としてアウグストゥスを見つめる。

「もう公共の場なんてないよ、ロボット！」と、ブラフ。

「それは問題になりません」アウグストゥスが反論する。「これは個人使用の車輛です。交通網システムに接続可能な場合をのぞき、公共の場での使用は許されません」

カウクはポラードの怒った視線に気づいた。この若者には頑迷なロボットを手なずけ

るユーモアセンスがないようだ。その腕に手をおき、警告するように見る。合図を理解した若者は、舌先まで出かかった言葉を発するのをやめた。

「状況を見あやまっているぞ、アウグストゥス」と、カウクがかわりにいう。「これはまったく新しいタイプのグライダーなのだ。パラモーター・エンティティといい、交通網に接続している。ただし、エレクトロンとポジトロニクスによる通常のインパルス・チャンネル経由でなく、ハイパー物理性ハイブリッド連結メカニズムをもちいているのさ。HKHともいうが」

アウグストゥスはガラスの目を向け、

「情報過多です」これはK＝2にとり、まったく理解できないという意味だ。

「管理エレメントに問いあわせてみるんだな」と、ワリク・カウク。

ロボットはさっそく、例の耳をすますポーズをとった。地域ポジトロニクスと接続しているかのように。

「パラ・エンティティは不明です！」と、K＝2。

「そういう名称ではない」カウクは顔色ひとつ変えずに訂正する。「パラモーター・エンティティという概念だ！」

「わかりました」と、ふたたび耳をすます。

数秒後、ロボットはそのままの姿勢で、

「あなたの発言の本質が確認されました、ブラザー」と、答えた。「このグライダーは公共の場で使用可能です。KHKは……」

「HKHだぞ」と、ブラフが口をはさむ。

「HKHは」アウグストゥスは動じることなくつづけた。「グライダーが機能することを保証します」

「認められてうれしいよ」と、ワリク・カウクはそっけなくいう。

帰宅の途中、ブラフが同行者にささやいた。

「とてもわたしにはできません……あなたのように、あれほど難解な概念をとっさにでっちあげるなんて！」

面目をたもったカウクは答えた。

「すぐにマスターできるとも！　わたしはビジネスマンでね。できるだけ大げさな言葉を使い、できるだけ口数をすくなくするというのが、ビジネスマンとして無視できない能力のひとつなのさ」

7

アウグストゥスが異議をとりけしたので、ワリク・カウクは最初の実質的なテスト飛行をした。ブラフ・ポラードがためらいがちに乗りこむ。時代遅れのマシンは信頼できないのだ。ロボットのほうは当然といったようすで、千六百年以上前に製造された飛翔車輛の試運転に同行する。

カウクはホヴァークラフトを慎重に地面から持ちあげ、道路に出した。エンジン全開時の騒音はひどかったが、カウクにはこれまでに聞いたなかでもっとも美しい音楽のように聞こえる。この音こそ、マシンが作動することをしめすものだから。

ホヴァークラフトはボディの周囲に大量の雪を巻きあげながら、道路にそってゆっくり滑らかに進む。ゴルヴィン邸の周囲にひっこんでいた犬たちが、ホヴァークラフトの騒音を聞きつけ、大急ぎで駆けだしてきた。

カウクは燃料タンクの残量をこまめにチェック。このマシンがガソリンという名の貴重な物質を大量消費するとわかり、いくぶん不愉快になる。テスト飛行は短時間できりあげ、ブラフと犬たちが宿泊している寮の近くに着地。

午後になり、恒星が沈んでから、ふたりは計画をより詳細に語りあった。

「マシンが充分に動くのはわかった」と、カウク。バッグをつけた犬が近くの地面に寝そべっているのを見て、「これから犬が必要になることはないと思う」

ブラフの目に一抹の悲しさが浮かぶ。

「そのとおりだとは思いますが」と、若者はためらいがちに、「ここに置きざりにするのは忍びないような」

「どっちみち、ぜんぶを連れていくことはできないぞ」カウクがなぐさめるようにいう。「きみが調教した犬たちは、われわれといっしょに行くより、ここに群れでいるほうがいいと思うが」

ブラフはうなずき、大声で呼んだ。

「カドリー……!」

大きなダークグレイの犬が開いたドアから走ってきて、ブラフの前に立つ。

「これはもう必要ない、カドリー」と、若者はいい、バッグをはずした。

犬はブラフをじっと見ている。

「ここに群れといっしょにのこるんだ、カドリー」と、やさしくいいながら、ダークグレイの頭をなでた。「子犬たちには、わたしよりおまえが必要だから!」

カドリーはかすかに鳴いた。ブラフが反応せずにいると、独特の声を出す。それが合図だったのだろう。バッグをつけたのこりの五匹がやってきた。一匹ずつ若者の前に出て、革ひもをはずしてもらう。ブラフは犬たちの頭を軽くたたいた。

ワリク・カウクはこの奇妙なセレモニーを驚きの目で追い、

「まるで、なにもかも理解しているようだな!」と、犬が去ったあとにいう。

「わたしもそう思うことがあります」と、ブラフ。「犬の群れがわたしを襲ったやり方を考えると……以前より頭がよくなっているようで」

カウクの自説だと、大カタストロフィは超心理性の影響によるもの。それがひょっとすると、犬やほかの動物たちにあらたな知性をもたらしたのではないか。消滅した人間の後継者が動物たちと決まっていたため、自然界からよりいっそうの思考能力をあたえられたのでは?

もちろん、これは推測の域を出ない。ノームの犬たちが例外なのか、本当にすべての動物の知性が増加したのか、時がくればわかるだろう。

ブラフがカウクの思考を中断し、

「ブリキ男も、もう必要ないですね」

カウクはすみにいる静止状態のロボットに視線をやり、

「アウグストゥスは手もとにおきたい」と、反対した。「人間を肩にかつげるし、食糧も運べる。多少の心得があれば、ポジトロニクスへの再プログラミングも可能だ。われわれにはわからないエネルギー性インパルスも知覚できるし」

ブラフの顔からは、まだ充分K＝2に慣れていないようすが見てとれる。アウグストゥスを信用していないのだ。純粋理性の教えというものに対し、近ごろは軽蔑を感じている。そのため、純粋理性の副産物、なかでもK＝2を自動的に嫌悪してしまうのだろう。

「ロボットのほうが同行を拒むかもしれません」と、若者がいう。「聞いてみるべきです」

「わたしが聞いてみよう！」と、カウク。「きみは単刀直入すぎて、かれには理解できない」

アウグストゥスを呼ぶと、黄褐色の制服を着用したロボットはすぐにきた。

「アウグストゥス……ブラフ・ポラードとわたしはあす、ユーラシア大陸に向けて出発する。きみの同行に関し、管理エレメントの指令はどうなっている？」

ロボットは頭をすこしかしげ、集中して耳をすますますお決まりのポーズをとった。プログラミングのどこかに答えがあるかのように。

「同行の必要性が強調されています」と、ロボットは数秒後に答えた。

「よかろう……では、いっしょにくるといい！」と、カウク。

ワリク・カウクはひそかに自問した。アウグストゥスはどのように熟考した結果、同行を決めたのだろう。この結論は疑いなく、ロボット自身がくだしたもの。管理エレメントも地域ポジトロニクスも、もう存在しないのだ。

とりのこされるのを恐れたか？　おのれの身の安全をはかるため、エレクトロン自己保存本能が人間への同行をもとめたのだろうか？

カウクは思った。アウグストゥスはますます人間に似てくる……

＊

翌日の午前中、薄明の訪れとともに出発した。一カ月以上はもつ食糧をホヴァークラフトの客室に積みこむ。カウクは犬たちに対する若者の愛着を知っていたため、群れとの別れをすこし心配しながら見つめた。しかし、思ったよりあっさりとすんだ。

犬たちは飛行車輛を恐がっているので、百メートル以内に近づかない。ブラフがカドリーや群れと別れを告げるあいだ、カウクとロボットは乗りこんだ。エンジンを作動させたとたん、犬たちはあわてふためき、長く尾をひくように不安げに吠えて、建物のなかに消えてしまった。悲しげなようすでブラフが乗ってくる。そのあとの一時間、ひと言も口をきかなかった。

ノームからティン・シティまでは直線距離で百五十キロメートル。そこで停止し、ボールドウィン・ティングマーを探すつもりだ。だが、さまざまな高低差があり、直線距離を行くことも最高速度で進みつづけることもできない。地平線上にちいさな町の低い家なみがあらわれるまで、二時間半かかった。燃料の減少が気になる。せいぜいウェールズまでしかもたないだろう。ティン・シティかウェールズでガソリンを調達する必要がある。それができなければ、そこからはおのれの脚をたよるしかなくなるかもしれない。

ティン・シティには道が一本しかなく、ちいさな町を棒のように長く貫いている。きらめく雪を巻きあげながら、ホヴァークラフトは着地。飛行中に操作に熟練したカウクは考えをめぐらした。ティングマーをどうやって探すのがもっとも効率的だろうか。技師は事故にあったか、移動した可能性が高い。爆発の痕跡を探そう。ラダカムがつながらなくなったのは、爆発に似た現象があったにちがいないから。

いずれにせよ、ティン・シティで時間をむだにしたくない。二十ほどの家々を一軒ずつ、大急ぎで探すことになるだろう……ティングマーと、貴重な燃料であるガソリンをもとめて。

カウクが考えたのはそこまでだった。マシン上部のガラス状の丸天井が割れる音がしたのだ。驚いて見あげると、穴があいており、縁が赤く燃えていた。

「強力なエネルギー性インパルスです！」と、すぐさまアウグストゥスが報告。

「あそこに！」と、ブラフが悲鳴をあげる。「撃ってくるやつが……」

ワリク・カウクの目がぎらつく閃光をとらえる。ホヴァークラフトは衝撃をうけ、どこからか煙が立ちのぼった。閃光は右側の、なかば雪に埋もれた建物からくる。カウクは本能的に反応。マシン操作に習熟していたのがさいわいだった。

ホヴァークラフトをわきによせ、めいっぱいアクセルを踏む。時代遅れのマシンはカタパルトから射出されたように、二棟の低い家のあいだを飛翔。二棟は道路の左側に建っている。その一棟の背後にホヴァークラフトを停めた。家が未知の射撃者による斉射から守ってくれる。カウクはハッチを開け、

「外に出るんだ！」と、同行者に叫んだ。「ホヴァークラフトが破壊される前に、あのおろか者を封じこめなければ！」

＊

カウクはアウグストゥスからうけとったブラスターをしっかり握りしめ、家の石壁ぞいにゆっくり道のほうへ移動。ブラフがうしろからぴったりついていく。ロボットは家の裏にとどまった。

目下のところ、しずかだ。だが、カウクが壁のはしまでくると、道路の向こうからこちらに向かってうなるような音が響く。一メートルもはなれていない家の壁をエネルギ

一斉射がかすめた。軒先からつららが落ちる。すばやく避けなかったなら、大きな瘤をこしらえるところだった。すくなくとも一・五キログラムはあっただろう。

「これではどうしようもありません」ブラフが耳打ちする。「相手を掩体《えんたい》からひきずりだしましょう！」

「そのあと、どうするつもりだ？」と、カウクはいらだち、「武器が一挺しかないんだぞ。だれが封じる？」

若者は一瞬、答えに窮したが、

「やつは反対側の長く伸びた建物のなかにいます」と、大きな声を出した。「屋根には天窓があり、開いたまま。そこを集中的に狙えば、もしかして建物に火がつくかもしれません」

ワリク・カウクはかぶりを振る。

「無理だな！　ティン・シティの家々は建って数百年にもならないんだ。火災の危険性がある建材を使っているはずはない！」

とはいえ、若者のアイデアは悪くなかった。ふたりともマシンを停めた家の背後に引きかえす。アウグストゥスはホヴァークラフトのかたわらに立ったままだ。

「本当にたよれるロボットですね」と、ブラフが皮肉をいう。

カウクはうけながした。閉まった入口があったので、堅牢な錠を狙い撃ちして壊し、扉を押す。なかは薄暗かった。手探りで進み、家の前方に通じる第二の扉を発見。外は日没で暗くなりはじめている。未知の敵はこちらよりティン・シティのことをよく知っているはず。暗闇のなかで相手を封じこめる作戦は、見こみがなく無謀だ。半時間以内に決着をつけなくてはならない。

用心しながら窓辺に進む。窓はなかば雪でおおわれていたが、雪のはりついていないガラス部分から通りがうかがえた。ブラフのいっていた長く伸びた建物が見える。天窓は開いていた。

突然、アイデアが浮かんだ。

「やれるぞ、若いの!」と、カウク。「われわれのどちらかが通りの向こう側に行けさえすれば、死角になり、さらに一歩前進できる。ここから援護射撃をしてくれ! あの開いている天窓を集中的に撃つんだ。そのあいだにわたしが道の向こう側に行くから」

「それから?」と、ブラフが問う。「あなたには武器がないじゃないですか! どうするつもりです……」

カウクは若者にブラスターを押しつけ、

「わたしが向こうにたどりついたらすぐ撃つのをやめて、これを投げてくれ!」と、たのんだ。

ブラフは理解してうなずく。ブラスターの銃身を窓に向けてかまえ、引き金をひいた。

重いグラシット板が溶けはじめ、円形の開口部ができる。

だが、相手も用心していた。建物のなかでなにかが進行していると気づき、銃撃を再開。おや指ほどの太さのエネルギー・ビームが開口部からはいってくる。床は燃えあがり、デスクが音をたてながら溶解して塊りに変わった。それ以外に被害はない。

若者は位置につくと、ワリク・カウクにうなずき、発射ボタンを押す。白熱するビームが、なかば破壊された窓から道路を越えて飛ぶ。カウクはビームが目標を正しくとらえたのを確認すると、大急ぎでその場から跳びだした。先ほどと同じ道を行く。家の背後の出口をぬけて、壁ぞいに道路のはしまで。

ブラフは撃ちつづける。天窓は消え、屋根も大部分なくなった。長く伸びた建物の軒先から、溶けた雪が川となって流れる。カウクは一歩道路に踏みだし、いつでも跳びだせる準備をした。

なにも起こらない。未知者は掩体をとったままだ。作戦成功！　カウクは跳びだし、大股で必死に雪道を走った。最後の一歩で滑ってバランスを失う。一部凍結した雪面に倒れこむと同時に、すぐそばでブラスターの発射音が聞こえた。たちまち周囲が燃えあがり、炎にとりまかれる。灼熱する熱波が顔をあぶった。

朦朧とする意識のなか、さっと過ぎる影のような動きをとらえる。いっぺんに柔らかく湿っぽくなった雪の上をやっとの思いで移動。相手がひそむ建物の側壁にたどりついた。体勢をととのえ、ブラフが武器を投げてくるのを待たなければ。だが、もう力が出ない。体内のなにもかもが打ちくだかれたようだ。

そのとき、いきなり見知らぬ声が叫ぶのが聞こえた。

「いまわしいやつ……!」

轟くような打撃音。それが、ワリク・カウクが聞いた最後だった。カウクは意識を失った。

＊

以前なら、真剣さが要求される状況になれば、瞬時にアルコールの影響は吹っとんだもの。しかし、いまのボールドウィン・ティングマーは違う。鳴り響くような音を轟かせ、雪を舞いあがらせてやってくる物体を危険とみなしても、コントロールがきかないのだ。両脚のバランスをたもちながら、敵を攻撃できる掩体を探すのがむずかしい。

数日前から、酩酊状態のままだ。アルコール摂取に対し、肉体と意識がストライキを起こしている。

長く伸びたスーパーマーケットの低い建物をかくれ場にするなど、しらふのときなら夢にも思わないだろう。しかし、それしか選択肢はのこされていなかった。轟くように鳴り響く怪物はしつこく、なかなか去っていかない。近くで確実にドアが開いているとわかる場所はスーパーマーケットだけだ。

おぼつかない足どりでなかにはいり、薄暗がりのなかを手探りで進む。停止したエスカレーターを見つけた。屋根に通じている。つまずきながらのぼるうち、屋根裏にも慣れてきた。ようやく天窓にたどりつき、なんとかこじ開ける。

ちょうどそのとき、轟音を響かせる〝敵〟の巻きあげる雪煙がスーパーマーケットの前の道路にとどいた。ティングマーはうつろな目で驚く。舞いあがる雪のカーテンごしに、これまで一度も見たことのないグライダーが出現。楕円形の基盤上に、ほぼ透明な素材でできたドームがのっている。三人の姿がぼんやりと見えた。背が低くてずんぐりした男がドームの前方部で操縦している。あとは、真っ赤な髪をした長身痩軀の若者と、黄褐色の制服を着用した標準的な体格の男。

その制服を見たのが決定的要因になった。酩酊状態でも可能なかぎり狙いをつけて、武器を発射。奇妙なグライダーは道を曲がり、向かい側の道路わきにある二棟の家のあいだに消えた。

しばらく待っていると、黒髪の頭が家の壁ぎわにあらわれた。撃つと頭は消えた。それから突然、その家の正面の窓が明るくなる。ティングマーはまた撃った。

そのあと、かなり執拗に攻撃された。天窓は溶解し、屋根自体が穴になったと思うと、その穴がまたたく間にさらに大きくなった。あたりが熱い。冷たい空気を吸おうと大急ぎで階段を降りて出口まできたとき、肩幅のひろい小柄な男が道路を駆けてくるのが見えた。技師は撃ったが、命中したかどうか自信がない。いずれにせよ、ずんぐりした男はすぐさまころがり、建物の横に姿を消した。

道路の向こう側からの攻撃音が停止。自分にとって危険な人物なのかどうかわからないまま、肩幅のひろい男を探す。そのとき、奇妙な物音がした。

丈夫な生地をまんなかから裂いた音のようにも聞こえる。あわてて方向転換し、かなりすばやく動いたのでよろめいた。商品用台架でからだを支えようとしたが、安定性に欠けていたのか、つかまろうとした勢いで崩れる。技師は台架もろとも床に倒れた。

武器を落としてしまい、うめきながら膝をついて探す。そのとき、足音が聞こえた。朦朧とした頭をあげると、売り場の薄暗がりからこちらにやってくる姿がぼんやり見える。

黄褐色の制服を着用した姿だ。

「いまいましいロボットめ」と、ボールドウィン・ティングマーはがらがら声でいう。ちゃんと立ちあがろうとしたが、うまくいかない。黄褐色の制服姿のK＝2は妥協のない歩みで近づいてくる。次の瞬間、酩酊した意識のなかでもはっきりわかった。ロボットは武器を持った腕をあげ、実力行使するだろう。

パニック状態になる。技師は絶望的な気持ちでくずおれ、床をころがりながら、なくしたブラスターを探した。

見つからない。

気がつくと、ロボットが立っていた。

「あなたは一定期間、行動を中止すべきです。それが一般社会の利益になります」と、感情のない声がいう。

ボールドウィン・ティングマーは棒だちになったまま、

「いまわしいやつ……！」と、叫んだ。

同時に、ロボットのこぶしが音をたてて頭に打ちおろされる。技師は気絶した。

＊

ワリク・カウクは意識を回復したが、自分がどういう状態にあるのかよくわからなかった。不思議なことに痛みをまるで感じない。立ちあがって入念に点検し、ぐあいの悪いところがまったくないのを確認。どこにも負傷はない。ブラスター斉射の狙いがはずれて周囲が熱波に襲われたことで、たんにショックをうけただけらしい……ようやく、そう結論した。

ブラフ・ポラードが息もたえだえに建物の角を曲がってきて、

「アウグストゥスがいなくなりました！」と、叫び声をあげる。

若者はこのときはじめて、ワリク・カウクがつけた名前でロボットを呼んだのだ。

「われわれを撃ったおろか者はどうなった？」と、カウクがうめく。

「もういません。悲鳴を聞き、用心して家を出てきたのですが、撃たれませんでした。相手はおそらく逃げたのでしょう。ぐあいはどうです？」

「よくない」カウクは不機嫌だ。目が怒りで光っている。「ひどい目にあった！　つかまえたら、しかえしをしてやる！」

ブラフはカウクにブラスターを返す。カウクは道路に出て、長く伸びた建物の正面ぞいを不信の目で見た。動いているものはなにもない。

そのとき、どこからか大きなきしむような声が聞こえてきた。

「決定がくだされました！　すべての武器に安全装置をかけてください！」

「アウグストゥス……！」ブラフがつぶやく。

声の響きからすると、ロボットは建物内部にいるらしい。だが、すこしでも疑わしい動きをしたらブラフかカウクがブラスターの発射ボタンを押すと考えて、出てくるのを恐れているようだ。〝恐れている〟というのは正しい表現ではないだろう……しかし、いずれにせよ、無傷でいたいと思っているらしい。

「なにも問題ない！」と、カウクは大声でいい、ブラスターをベルトのうしろにさしこむ。「武器は安全だ！」

「では、行きます」と、〝もと〟K＝2が答える。

開いているドアからすぐにアウグストゥスが出てきた。黄褐色の制服がずたずたに破れ、金属製ボディをおおう青白いバイオプラストのカバーも、かなりの個所で露出している。

「なんてことだ……！」と、カウク。「なにがあった？　いったい、なかでなにをしていたんだ？」

「戦いには決着が必要です」アウグストゥスは堂々と返事をする。「わたしが決着をつけました。武器がなかったので、建物の背面壁を破壊しました。そのさい、からだの表面がすこしはがれたのです」

よくわからない。自分はすべてを正しく理解できているのだろうか。

「相手はどこに……」と、聞く。

「なかです」と、ロボットは答え、「負傷はありません。意識を失っていますが」

「で、きみが……きみが、その男を……」

「わたしが決着をつけました」アウグストゥスはくりかえした。

カウクは開いたドアから薄暗い部屋にはいる。足を踏みいれたとき、この建物が地元のスーパーマーケットだとわかった。ひっくりかえった商品用台架のそばに、大きなからだの男が横たわっている。二メートルほどはあろうか。非常にがっちりした骨格で、肩幅がひろい。近くにブラスターがころがっている。カウクが所持しているのと同じ型だ。この見知らぬ男もK＝2から奪ったのだろう。

ワリク・カウクは意識を失った男にかがみこんだ。

「かれの行動は異常でした」と、アウグストゥスが報告。「精神的におかしくなっているものと推測されます」

気絶した男の胸が規則的な間隔で上下している。息をかいでみたカウクは、「泥酔している！」と、うなった。「それだけだ！」

8

酩酊状態でも、ボールドウィン・ティングマーが頑強な男であることに変わりはない。アウグストゥスが殴打すれば、ふつうの人間だったら数時間は夢の世界をさまようものだが、半時間もしないうちに意識をとりもどした。

ワリク・カウクは男を注意深く観察。なんとなく知っているような気がする。前にラダカムで話した男かもしれない。ティン・シティの生存者ボールドウィン・ティングマーか？　あのときは髪が短かったし、髭も生やしていなかったが。とはいえ、あれから二週間たっているし、外観を気にする理由もないはず。

カウクは自分の髪や髭を撫でてみた。ティングマーを非難できない。似たようなひどいありさまだ。

ティングマーはうめき声をあげて正気にもどると、

「頭が痛い……！」と、嘆いた。

「一発くらったのさ」カウクがぞんざいにいう。「しかし、たいして変わらないだろう。

どのみちきみは二日酔いだ」

　ティングマーは目を開けて、驚いたようにまわりを見る。

「そんな……わたしは夢を見ているんだ……あんたたち……ほかの人間が、ここにいるはずはない！」

「しっかりしろ、老いぼれの酔っぱらい野郎！」と、カウクがどなりつける。「われわれ、たしかにここにいる。立つんだ！」

　乱暴な口調がきいたらしく、ティングマーの酔いは目に見えてさめはじめた。すわったままだが、しだいに目つきがはっきりしてくる。

「あんた……前に一度見たことがあるぞ！」ひとさし指でカウクをさししめした。「そうだ！　ラダカムのスクリーンで。ワリク・カウクだ」

「あのビジネスマン……！」と、ティングマーが驚く。「なぜ、こんなに長いあいだ、連絡してこなかったのだ？」

「ここに向かっていたのさ。なぜ、きみの回線接続は機能していない？」

　技師はようやくラダカムがどうなったか思いだしたようだ。

「悲しい時代だ、ブラザー」と、自嘲的に手を振る。「もうその話はよそう。わたしは冷静さを失っていたのだと思う」

　そういったあと、目を輝かせて、

「あんたたちがきてくれて、ほんとうにうれしいよ！」と、告白。顔を横に向けた拍子にアウグストゥスを目にし、毒蜘蛛にでも出くわしたように跳びあがる。「追いはらってくれ！」と、怒り狂って叫んだ。「思いだしたぞ！　このロボットにやられたんだ！　なぜ、まだ動いている？　あんたたち、K＝2となにをやっているんだ？」

「おちつけ、ブラザー！」と、ワリク・カウク。「アウグストゥスは友であり、われわれを援助する。以前はK＝2だったが、いまでは非常にたよりがいのある同行者だ。きみが身をもって経験したとおり」

「ああ、そうとも！」と、ボールドウィン・ティングマーはいきまく。「いつかブリキ男にしかえししてやる！」

カウクはかぶりを振り、

「よく考えるんだな、ティングマー。きみは酩酊状態の頭でわれわれを撃とうとした。アウグストゥスが救わなければ、きみ以外に大カタストロフィを生きのこった、ただふたりの生存者が死ぬところだったんだぞ」

ティングマーは急に頭をうなだれる。しばらくして、

「そうだ、あんたが正しい」と、いった。

＊

一行はその日ののこりをハムリーズ・バーで過ごした。ブラフとカウクはティングマーがのこしてあったものを適当に食べる。技師はアルコールをひかえ、もっぱら合成オレンジジュースを飲んだ。

それぞれが経験を語りあった。ティングマーは、警察グライダーを動かそうとしたこと、初飛行が不名誉な結末に終わったことを詳細に報告。それをうけ、グライダーを撃ちおとした自動制御ステーションを調査するべきかどうか、全員で話しあう。

「独立したエネルギー供給があって、ステーションが機能しているとすれば」と、聞かれもしないのにアウグストゥスが発言した。「無資格者が施設内に立ちいるのを防ぐ保安対策もまだ機能しているはず。よって、ステーションの調査は思いとどまるのが賢明です」

三人は啞然としてロボットを見つめ、それから笑いだした。わずかな知性しかないアウグストゥスが、揺るぎないロジックで適切な発言をするとは。

「では、われわれが次にやるべきことはなにか」と、ティングマーが議論のしきりなおしをする。

「目標はテラニア・シティだ」と、カウク。「そこに行けば、もっと多くの人間に会えると思う」

ティングマーは眉を吊りあげる。

「そうだろうか……？」

「思うんだが」と、ワリク・カウクがいう。「アラスカのこんなせまい範囲で、われわれ三人が生きのこっていた。ふたりは〝ピル〟の過剰摂取、ひとりは以前に危険な脳手術をうけている。アラスカが例外でないなら、地球じゅうですくなくとも数百人……いや、数千人は生きのこっていてもおかしくない」

ボールドウィン・ティングマーがうなずき、

「説得力があるな。なにより、だれもがわれわれと同じ目標のはず」

「ただ、疑問なのですが」と、ブラフ・ポラード。「二百億の人々はどこに消えたのでしょう？」

全員がしばらく無言で考えをめぐらす。やがてカウクが、

「それもいつかわかるだろう。われわれに無理だとしても、子孫には。偶然とは思えないのだ。大カタストロフィはなんらかの計画の影響だと、わたしは考えている。われわれ、いつの日かその計画を見ぬけるほど賢くなるだろう。そうなれば、人類がどこにいるのかもわかるさ！」

ティングマーがもう一度うなずく。

「それがほんとうだといいが、ブラザー！」

ボールドウィン・ティングマーは顔をあげ、カウクが手首に巻いているクロノグラフに目をやった。蛍光数字が見える。

「古いものが好きなんだな？」と、上機嫌で聞いた。

ワリク・カウクはとっさには理解できない。

「あんたの時計だよ」と、ティングマーが説明。「新暦で動いていないんだろう？」

カウクはその言葉を軽蔑するように、

「新しい暦法なんて、このご時世、なんの価値もないさ。〝喉〟を通過してから状況がどう変化したか、わかるわけでもない！　わたしはむしろ従来どおりの暦法を好む。三五八二……これが年号。一月で、きょうは二十七日だ！」

ティングマーが親しげに笑いかけた。

「あんたはこれまでずっと、筋金いりの〝純粋理性の息子〟ではなかったのだな、ブラザー！」

＊

ボールドウィン・ティングマーはホヴァークラフトを点検したのち、すこしだけ試運転してみた。賞讃すべき乗り物だと気分を高ぶらせる。これで数日後にテラニア・シティにたどりつけるのだ。

「理論的にはな」と、カウク。「だが、現実となると、ガソリンがない」

「ガソリン……？」

「動力用燃料さ！」

カウクがその先を話そうとすると、ティングマーは止めるような手振りをする。なにかを思いだそうと集中していたが、

「ガソリン……それだ！」と、大声でいう。「その言葉を以前にどこかで聞いたことがある」

それから、顔全体を輝かせ、

「ガソリンの心配はないぞ、ブラザー！」

問いかけるようなカウクの目を見て、

「ドハーティのところに行けばいくらでもある！」と、断言する。

「ドハーティとは何者だ？」

「〝何者だった〟と、聞くべきだ」と、ティングマーが訂正。「科学者さ。この地域の地質分析が専門でね。過去において強烈にハイパー・エネルギー性の影響にさらされたのは地表のどの部分か、見つけだそうとしていた」

「きみのいうことは、わたしにはさっぱり理解できない、ブラザー」と、カウクは皮肉

にいう。

「気にするな。ともかくドハーティはこのあたりを歩きまわり、地中からわずかなサンプルを採取しては、一部を自分で分析し、一部をしかるべきところに送っていた。どこに行けば価値のあるサンプルが採取できるか、知識があったのだな。地面が柔らかくなる夏だけ活動していた。雑草が一メートルくらい伸びているのはざらで、それを除去するため、サンプルを採取するさいは、いつもバーナーを持ち歩く。で、そのバーナーは……」

「……ガソリンを使用する」と、カウクがしめくくる。

「そういうこと！」ティングマーは機嫌よく笑った。

全員でかつてドハーティが住んでいた家に行き、タンクづめしたガソリンを倉庫で発見。五百リットル容器のタンクが一ダース以上ある。

これで、ホヴァークラフトで先を進むことができる。タンク五個を積みこんだ。それ以上は無理だが、二千五百リットルのガソリンがあれば、テラニア・シティまでの道程の三分の一を行けるとカウクは試算した。

途中で、注意をおこたらず、ガソリンを探さなければならない。

翌朝、全員で荷積みにかかる。ティングマーには手ばなしがたい装置が多い。作業が終わってみると、ホヴァークラフトの客室はうしろのすみまで荷物がつめこまれ、物置のようだった。

恒星が昇ると、カウクはエンジンを作動。ホヴァークラフトは車体を浮きあがらせ、海岸に向けてきらめく雪上を滑走した。

*

流氷がグレイの海水面にぎっしり押しよせてくる。ベーリング海峡が凍結するのはまちがいない。

ホヴァークラフトはウェールズのすぐ近くで海岸をはなれた。ここからユーラシア大陸側の東端まで、ほぼ八十五キロメートル。まんなかあたりに大小のダイオミード諸島が、明るく揺らめく海面の光と流氷を拒否するように、どんよりと鎮座している。

空に雲が出はじめた。吹雪がおさまって二週間ほどつづいた好天も、終わりに近づいたようだ。ワリク・カウクははじめて最高速度にまで加速。海のまっただなかで、暴風雨に襲われたくはない。

ダイオミード諸島を北にまわりこむ。きょうの段階での目標はウエレン。北東アジア地域の人々がデジニョフ岬と呼ぶ東岬のすぐ近くにある、ちいさな町だ。

ホヴァークラフトはダイオミード島を東に見ながら通過。そのとき突然、アウグストゥスが奇妙な声を出した。咳ばらいに聞こえなくもない。周囲の注意を喚起しようと人間が発するあの音を模倣したのだろうか。

「異種のエネルギー性インパルス放射を確認しました」と、アウグストゥス。

カウクは周囲を見まわした。そのとき、ブラフ・ポラードが大声で、

「あそこ……雲のあいだ！　見て……！」

見あげると、多量の雪をふくんだ重いグレイの雲がふたつ、視界にはいった。雲と雲のあいだに細い淡青色の空が見える。そこを滑空する、とてつもなく大きい物体があった。

黒く不明瞭で巨大な物体だ。幅があり、膨れあがっている。直感的に無重力という印象を抱かせる。ゆっくりとした速度でスムーズに動いていた……音もたてずに。とはいえ、音に関しては正しいかどうかわからない。ホヴァークラフトのエンジンが全開で、いつもながらにすさまじい騒音だから。

黒い物体が見えていたのはほんの数秒間のこと。それはやがて、隣りの雲のうしろに姿を消した。カウク、ティングマー、ブラフは茫然と見つめる。全員が抱いている疑問を口にしたのは若者だ。

「あれはなんだった？」

ティングマーはかぶりを振り、

「どういえばいいのか」と、いう。「一種の飛行車輛だろう。しかし、いままであんな

ものは一度も見たことがない」

ワリク・カウクはなにもいわない。思いだしていたのだ。ラダカムで手あたりしだいに呼びだしコードを作成し、回線接続を試みたあの孤独な夜のことを。いきなり画面にあらわれた奇妙な映像を。自分がいった言葉をくりかえそうとした非人間的な声を。

あの夜の出来ごとに関しては、まだだれにも話していない。いまはユーラシア大陸の岸につけることだけに神経を集中させ、ホヴァークラフトを操縦する。

日付変更線を越え、旧暦三五八二年一月二十九日十五時八分、ホヴァークラフトはユーラシア大陸に到達。ウエレンという町にある、半分雪に埋もれた建物のすぐそばに停止した。

*

夕方には嵐になった。

嵐が雪雲を空から吹きおろす。地表は一メートルの高さにおおいつくされたように見えた。

一行は大量の雪にも耐えられそうな堅固なガレージにホヴァークラフトを格納。自分たちはすぐ隣りの、がっしりしたちいさな建物の部屋にはいる。ティングマー所有の発電機が明るく照らし、ティングマー所有のサーモ暖房機が快適に暖めていた。

ワリク・カウクはポケットからちいさな一片のフォリオをとりだす。ずいぶん以前に、ラダカムのハードコピィ装置をもちいて呼びだしコードを印刷したもの。そのとき、異質な存在と接触したのだ。

カウクはその体験を語った。

語りおえると、長い沈黙があたりを支配する。

「それは当然、通常のラダカム接続ではないな」と、ようやくティングマーが口を開いた。「あんたは複数のチャンネルをテストした。その結果、われわれの通信網とはまったく関わりのない一チャンネルとつながったんだ」

ワリク・カウクはうなずき、

「わたしもそう思う。それと同時に、われわれがきょう見たあの黒い巨大物体のことを考えている」

「なにか関わりがあるのかもしれないな」

いきなりブラフが発言する。

「あなたはいいましたよね……大カタストロフィは偶然の出来ごとではなく、なんらかの計画の結果だと。もしほんとうにそういう計画があったのなら、かんたんに想像がつきませんか？　〝計画者〟は近くにとどまり、自分のしたことがどういう影響をおよぼしたか観察しているのでは」

「まさにそんな気がしていたのだ」と、カウク。「われわれ、観察されているのかもしれない！」

深刻になりかけた議論がそこで中断された。聞かれもしないのに、アウグストゥスが発言したのである。ロボットはしばらく頭をかしげ、耳をすますポーズをとっていたが、

「その推測の妥当性を管理エレメントが確認しました！」

三人は唖然としてアウグストゥスを見ると、笑いだした。

拠点惑星への使節

エルンスト・ヴルチェク

登場人物

ペリー・ローダン………………《ソル》のエグゼク1
アトラン…………………………新アインシュタイン帝国（NEI）の大行政官。統治権者
ジュリアン・ティフラー………NEIの大行政官代行
ダジ・シャグ……………………NEI工作員
ガルブレイス・デイトン………《ソル》船長
ジェフリー・アベル・ワリンジャー……ハイパー物理学者
フェルマー・ロイド……………テレパス
ラス・ツバイ……………………テレポーター
バルトン・ウィト………………テレキネス
タクヴォリアン…………………ケンタウルス
グッキー…………………………ネズミ＝ビーバー
メルコシュ………………………ガラス男
イホ・トロト……………………ハルト人
アッカルデ………………………アコン人。GAVÖK公使
モングエン………………………アンティ。同公使

1

廃墟の野に雹《ひょう》が降り、荒れはてた大宇宙港に砂塵がはげしく舞う。気温は氷点下。サーフォンではめずらしい天気ではない。

個体走査器が鳴りだす。瓦礫《がれき》の下、ちいさいが装備のいいNEIオフィスにいたダジ・シャグは、すぐさま戸外に跳びだした。嵐に立ちむかうため、ウインドブレーカーのフードをかぶり、大きなゴーグルで保護した目だけをのこして顔をすっぽりくるむ。

極小弾丸のような雹が瓦礫の山に打ちつける。ダジは瓦礫を越えようともがき、男のところに向かった。高くそびえる壁の残骸のあいだ、風があたらない場所に立っている。半裸だが、寒さを感じていないようだ。雹が執拗に打ち、青みを帯びた皮膚に赤い染みをのこしても、さしさわりがないらしい。晴れやかな表情で立ったまま、はるかかなたを凝視している。

「チロ！　チロ！　ここでなにをしている？」

嵐が声をかき消した。個体走査器に導かれ、友のところにようやくたどりつく。ダジはウインドブレーカーを脱いでチロの肩にかけたが、友はまったく気づいていないようだ。

「チロ、どうしたんだ？」声がとどくように、友の耳もとで叫ぶ。「この二日間、どこにいた？　惑星じゅうを探したのだぞ」

やはり、聞こえないらしい。

「光が見えるか、友よ？」と、チロはうっとりした声でいう。

ダジのなかでなにかが痙攣《けいれん》した。

「チロ、わたしがわからないのか？　ダジ・シャグだ。チロ、正気にもどれ！」

ダジは友の肩に手をおき、NEIオフィスの方向にひっぱった。友は逆らわない。

「あの光はわれわれの恒星プロヴだ、友よ」と、チロ。「プロヴはソル・タウンの上に昇り、ガイア全土を黄金の光で照らし……」

「チロ、正気にもどるんだ！」と、何度か顔をたたく。しかし、なにも感じないようだ。表情がまったく変わらない。

「惑星じゅうが光り輝いている、友よ。若い女は晴れ着姿で……わたしのローズィーも。兵士は正装している。プロヴコナーもヴィンクラン人も、この偉大な瞬間を見逃すはずはない。かれらの代表も姿をあらわし、GAVÖK成立一周年の記念日を祝う。銀河系全種族がこの日をともに祝うのだ……」

ダジは友の肩をつかんで自分のほうに向かせ、大声で、

「はっきりいうが、ここはポイント・アレグロのガイアではないぞ！　ワクロス＝オーク星系の惑星サーフォンだ。われわれ、NEI外交官として、GAVÖK基地に駐留している。わかるか、おい？　思いだせ！　GAVÖK成立一周年の記念日はまだ三週間先だ！」

チロはダジに目を向けるが、視線が定まらない。理解できないという表情をしてから、あわれむような笑みを浮かべ、手をさしだした。ダジはその手をためらいがちに握る。そこでふたりは手をつないで、カムフラージュしたNEIオフィスの入口にはいった。

チロが、

「さ、友よ。兄弟たちのところに行くぞ。ほかの諸種族にくわわろう。きょう、銀河系の全生物が兄弟になるのだ。〝銀河系諸種族の尊厳連合〟が認められる……」

とんでもない！　ダジは絶望のあまり、憤怒にかられて泣き叫びたかった。GAVÖKがなしとげたのは、親友の気を狂わせたことだけではないか。

「どこへ連れていくつもりだ、友よ？」と、チロ。「ここからも祝宴に行けるのか？」

「行けるさ」ダジはかすれ声で答え、友を医療ステーションに連れていく。世話をしよ

うとするアラスを無愛想にわきに押しやり、医療ロボットにチロをゆだねた。診察結果を待つまでもない。友になにが起きたのかは明らかだ。

このニュースはたちどころにひろまり、数分後にはほかの工作員四人の耳にとどく。チロをひきわたすとまもなく、同僚たちが姿をあらわした。そのひとりが、

「チロにひどいことが起きたのだな」と、いう。

「それがなにを意味するか、わかっているのか？」と、ダジ。

「ああ……ただ、よりにもよってなぜ、われわれの秘密保持者に起きたのか？」

「秘密保持者という事実が、まさにその理由だ」

同僚たちは見つめあい、ダジが考えたことのなりゆきをしだいに理解する。〝外交官〟としてサーフォンに投入されたNEI工作員六名のなかで、チロだけがプロヴコン・ファウストの座標を知っていた。したがって、メンタル安定処置をほどこされ、〝貯水槽弁〟も保持している。保持者が身体的重圧にさらされたとき、極秘情報が失われるよう作用する保安装置だ。意図しない機密漏洩を確実に阻むだけに、これが機能すると保持者に致命的な副作用をおよぼす恐れがある。チロの場合、その副作用が精神障害ということ……

チロがそうなったのは、なにものかが極秘情報を力ずくでひきだそうとしたから。しかも、それはGAVÖKのメンバーだ。サーフォンにはスプリンガー、アラス、アルコ

ン人しか駐留していない。

ダジはこぶしを握った。この事件、ＧＡＶÖＫと関係しているのはまちがいない！連合に所属するメンバーは、事実上は全銀河系の諸種族である。ラール人との戦いにおいて無条件に協力すると、たしかに声高《こわだか》に宣言してはいた。だが現実には、各種族が独自の利益を追求し、おまけに他種族の利益まで手にいれようとしている。そのせいで、たいして害のないものまでふくめ、さまざまな騒動が持ちあがる。

チロの事件はそうしたなりゆきのひとつにすぎない。仲間にとってはつらいが、これによってＮＥＩの政策が変更されることはないだろう。

憤懣やるかたない思いのなかで、最初、ダジは個人的復讐を考えた。犯人を探しだし、処刑したい……アルコン人であろうと、アラスやスプリンガーであろうと。しかし、それはＧＡＶÖＫの理念にとり、褒められた対応ではあるまい。もちろん、罪ある者を見つけるつもりだが、鬱憤ばらしではなく、ＮＥＩの利益になるやり方で犯人を懲らしめなければ。

その晩、連合の他種族の代表と会っても、ダジは感情をすこしもそぶりにあらわさなかった。

任務はどんな個人的問題にも優先する。一時間ほど前、暗号化された通信により、あらたな使命がとどいたのだ。アトランによれば、銀河系のあらたな展開に対し諸種族がどのような態度をとるか知りたいらしい。具体的には、ペリー・ローダンの突然の出現を、連合メンバーがどのようにうけとめているかということ。

＊

「われわれアラスは、チロをたいへん気の毒に思っている」銀河医師族代表マルツァルはいっそうの遺憾の意をあらわそうと、華奢《きゃしゃ》な手でダジに握手をもとめた。「理解できない。穏和な男だったのに、突然、こんな……」

「同情をよそおうのはやめるがいい、マルツァル」と、アルコン人代表ゴルガル。ダジの肩を仲間のようにたたきながら、「アラスがNEIに対してどのような態度をとってきたか、われわれ全員が知っている。あなたが一カ月前に提出した請願書をよくおぼえていますぞ。そのなかであなたは統治権者アトランに対し、新人類のかくれ場にアラスの外交的定住を認めるべきだと要求していた。チロの一件はそもそも、銀河医師族のやり方を示唆《しさ》している」

無骨な印象のスプリンガー、アラクシオスがアルコン人を押しのける。種族の古い伝統にしたがって顔一面に赤髭をたくわえ、身長は二メートルほど。ダジをおのれの胸に力強くひきよせ、

「騒ぎを巻きおこすのがやめられないらしいな、ゴルガル」と、牽制《けんせい》した。「わたしは

アラスの味方をするわけではないが、アルコン人がどういう種族か知っている。GAVÖKの理念を私心なく擁護することなど、決してない。NEIに誠実でないのは明らかだ」

「統治権者アトランはアルコン人ですぞ」ゴルガルは誇らしげに宣言し、ダジを期待に満ちた目で見つめた。NEI工作員はさしあたりなにもいわないが。

「ふん」アラクシオスが否定的な態度をしめす。「アトランとアルコン人のあいだには以前よりも大きな隔たりがある。アルコン人の代表はなぜ、前回の大会議で、アトランを公式にNEIの統治権者として承認することを断固として拒絶したのか？　種族の裏切り者と見ているからにほかならない。かつてアトランが太陽系帝国のために尽力したのは許すとしても、種族のもとへもどってこないのはがまんならないのだろう。テラの権力崩壊後、百二十年もたったというのに」

「あなたはこの議論により、種族の良心の痛みをうやむやにしようとしている」と、ゴルガルが応じる。「秘密を暴露するようチロに強制したのがスプリンガーでないと、いったいだれがいえますかな？　秘密を手にいれ、NEIに圧力をくわえようとでも考えたのだろう。ラール人なきあと、銀河系の商業的独占権をたしかなものにするためだ。スプリンガーにはアラスよりましな点などひとつもない。おそらく、両者は秘密協定を結んでいるのではないか……」

こうした状況がしばらくつづく。ダジはそれに対してなにもいわず、ただの傍観者でいた。GAVÖKにとり、連合種族の三代表間の論争は象徴的だ。たった三代表が集まっただけでこのような齟齬《そご》があるのに、どうやって五十を超える種族の利害の一致点を見いだすのか？

ペリー・ローダンの出現に関してアトランがなにを心配しているか、しだいにダジにもわかってきた。太陽系帝国のもと大執政官は、いまなお有名で尊敬される人物だ。ローダンの関心がGAVÖKに向かえば、全種族をひとつにまとめられる……そう考えるメンバーも出てくるだろう。これまでにアトランがやり遂げられなかったこと。

いまのところ、ローダンのGAVÖKへの関心をしめす兆しはなにもない。それでもアトランはその可能性を計算し、準備しておこうというのだ。賢明で、先見性がある。これにより、焦眉の問題になる前に対策を講じられるというもの。

サーフォンにいるダジたち同様、GAVÖKの全基地でNEI工作員が動き、ローダンに対する連合種族の考えを探ろうとしていた。

ダジは話題を変える機会を辛抱づよく待ち、

「GAVÖKで不満が増大しているのは、きわめて憂慮すべきこと」と、ついにいう。

「それとも、あなたがたの意見は違うのか？　一年存続したものの、期待したような協力関係が得られていないとわたしは考えるが」

「それはわかりきったこと」と、アラクシオス。「しかし、不平をいうだけではなく、機能しない原因を探す努力をすれば、協力関係はもっとうまくいく。改革が必要だ」

「ここにいる全員、原因はわかっているのでは」と、ダジ。「諸悪の根源はわれわれが同じ目標を追わず、それぞれの種族がべつの……」

「そのとおり」と、マルツァルが同意。「重体患者ひとりを手術するのに医師五十人が各自の治療法をもちいるようなもの。それぞれは卓越した医師かもしれないが、その能力を調整しなければ、結局は患者を殺してしまうことになる。強力な指導の手が必要なのだ」

「誤りはGAVÖK指導部にあると考えているので、マルツァル?」と、ダジ。

「これはわたし個人の考えではなく、厳然たる事実」と、アラスが答える。「アトランはGAVÖKをつくったが、機能させることはできなかった。そろそろ、真剣に考えるべきではないかと……」

「先をつづけてもらいたい」と、うながすが、アラスは手振りで拒否。ダジはローダンを話題にするべきか自問し、最後の瞬間に思いとどまった。

「アトランにすべての責任を押しつけ、べつの強い男をもとめるのはかんたんだ」と、スプリンガー。「まずはアトランの継承者を見つけなければ。だが、そのような人物は世間知らずのアラスにも退化したアルコン人にもいない」

「どうせ、スプリンガーのようなたくましい筋肉と腕力を誇る人物を考えているのだろう」と、ゴルガルが辛辣にいう。

「わたしが考えているのは行動する男だ。かつてのペリー・ローダンがそうだったような」と、アラクシオス。

「ペリー・ローダンといえば、銀河系に帰還したのだ」ダジが割ってはいった。

アラクシオスは軽蔑したように手を振り、

「ローダンにはもうなんの力もない……」

「しかし、ローダンに関する報告を信じるなら、いまも行動する男だと思うが」と、マルツァル。「いずれにせよ、ローダンならアトランのような弁解はしないだろう。それをやってしまえば次々と混乱が生じるから」

「アトランには時間が必要だ」アルコン人ゴルガルがきっぱりいう。「一年は充分ではない」

「成果のない一年だった」と、アラクシオス。

「ローダンに話をもどすと……」ふたたびダジは話しはじめた。

アラクシオスがさえぎり、

「ローダンを考慮にいれるのは無意味だ。まともな男なら、GAVÖKに関心を持たないだろう。なぜ、ローダンがわれわれの責任をとるのか？　あえていうが、ローダンはテラナーだ。われわれとはなんの関係もない。ローダンのことは忘れ、もっと有益な話をしよう。地下工廠を視察しないか？　すくなくともあそこではこの一年、業務が進展している……」

ダジ・シャグには消化不良な話しあいとなった。メンバーの考えが依然としてわからない。連合種族が不満を持っているのは周知のことだが、ローダンに有利な流れを読みとるのは現実的ではなさそうだ。とはいえ、アルコン人だけが公然とアトランを支持したことは気になる。

それに対し、アラクシオスの見解はどうかと思う。この問題に対する唯一の論拠が、ローダンはテラナーだからGAVÖKに関心を持たない、というのだから。だが、それを残念がっているようでもある。ダジ・シャグはそこをよりどころにした。

2

「……で、逃走したケロスカー三体をムルンテ＝ネエク基地に連れもどしたあと、指向性マイクで聞いたんだ。スプリンクがヘトソンの告知者に、自分と仲間ふたりが消えてしまったわけを説明してるのをね。それが、ちょっとしたもんなのさ！」

グッキーが語っているのは、惑星ロルフスでラス・ツバイとともに体験した内容だ。

「ホトレノル＝タアクがどう反応するかなんて、スプリンクはぜんぜん恐れちゃいなかったね。ブラックホールを通過するあいだ、n次元エネルギーを充電されてたっていうんだぜ。そんでもって、ロルフスごと次元の割れめに消えうせたってさ。ラール人、それをうのみにしたわけ」

ネズミ＝ビーバーは期待に満ちた目でまわりを見たが、だれも表情ひとつ変えない。不安げに司令室をうろついていたマット・ウィリーが仲間にくわわり、いらいらと脈動する。

「なんでだれも笑わないいんだ？」グッキーが恨めしそうに、「この話の深いユーモアがわかんないの？」

「わかるがね」バルトン・ウィトが石のような表情で答える。「しかし、その話はもうだれでも知っている。ロルフスから帰ったあとの二十四時間、いたるところでいいふらす機会があったじゃないか」

「わたし、笑いました」と、マット・ウィリーが甲高《かんだか》い音を発し、「頼みがあるのですが、グッキー。ガルトがどこにいるかわかりますか？」

「あさっての方向にいるかもね！」憤慨したグッキーが叫ぶ。

「ヒントをありがとう」ウィリーは敏捷に走りさった。

ネズミ＝ビーバーはハルト人に向きなおり、柱のような脚をこづく。

「トロトス、ぼくのいうことを聞いてなかったのかい？　あんたの轟くような哄笑はどうした？」

ハルト人は石のように突ったったったまま、反応しない。

「イホ・トロトは立ったまま寝ているようだな」と、フェルマー・ロイド。ほかの者たちがにやにや笑う。グッキーはさらに怒り、ふたたびハルト人のほうを向いた。ちいさなこぶしでトロトの脚をたたく。

「ね、トロトス、起きなよ！」

「空洞があるような響きだ」バルトン・ウィトがほかのミュータントたちに目くばせす

る。「金属的といってもいい。これはトロトではなく、パラディンじゃないのか。サンダーボルト・チームは外に出ていて、いまのノックを聞いた者はいないらしい」

　全員が笑う。

「え、なにがおもしろいのさ」と、グッキーは毒づいた。「すくなくとも、なんかのユーモアだと思ったわけだ」

「いや、これはやっぱりイホ・トロトだぞ！」ガラス男のメルコシュがまじめなふりをして確認。「つまり、テルコニット鋼に似た構造をメタボリズムにあたえたのだな。グッキーのおしゃべりから逃れるには、それしか方法がなかったのだろう。ハルト人の慇《いん》懃《ぎん》さだ」

「診断はあってるけど、理由が違うね」と、グッキー。トロトの手足をテレキネシスで動かそうとするが、失敗。揺り動かそうとしても、うまくいかない。だが、あきらめたくなかった。腰のところで腕をつっぱり、どなる。「おい、トロトス、そろそろこの無知な連中にいってやってよ！　なんで彫像に姿を変えたのか。ぼくのせいじゃないってこともさ」

　そこに一ポスビがあらわれ、

「なにか手伝いましょうか？」と、丁重にたずねた。「わたしの外科的知識が役だつかもしれません。お返しに、ガルトのかくれ場を教えてほしいのですが」

グッキーはテレキネシスをほんのわずか使い、ポスビを視界の外に運びだす。

「まじめな話」と、仲間たちに向きなおり、「あんたたち、トロトのようすが奇妙だと思わないの？　メタボリズムをこの状態にした理由があんじゃないの？　ぼかあ、なんかあったためてる気がしてなんないんだけど」

そのときちょうど、ジェフリー・アベル・ワリンジャー教授が司令室にはいってきた。グッキーの最後の言葉を耳にし、

「きっと、卵だろう」

機知に富んだ発言に、一同は破顔する。だが、ハイパー物理学者の驚いた表情を見ると、ユーモアのつもりではなかったらしい。

「そうじゃないか？」と、ワリンジャーは不思議そうに、「ハルト人は単性だし、イホ・トロトにしても後継者がほしい年齢だ。なんとも人間的……」

それ以上しゃべることはできなかった。ハルト人の巨体に突然、震えがはしったのだ。同時に、恐るべき笑い声が大きな口から発せられ、SZ＝2の司令室が振動。この本能的な哄笑は数分間つづき、それが終わると、トロトのからだはふたたび硬直した。

司令室が静寂につつまれる。

「どういうことなんだろ」と、ついにグッキーが口を開いた。「年のせいかもしんない。ハルト人の概念でも高齢なんだから。だいぶ前から偏屈で……老いぼれだしね」

ネズミ＝ビーバーはイホ・トロトの反骨精神を呼びさまそうと、わざと挑発するようにいう。しかし、ハルト人はモニュメントのように動かない。

「ここでなにをやっている？」ペリー・ローダンの声が響いた。「新しいゲームか、なにかか？」

「そのとおり」と、ガルブレイス・デイトン。馬蹄《ばてい》型の司令コンソールから出来ごとの推移を観察していたが、ローダンのもとに向かうと、「どうやったら石と化したハルト人を笑わせられるか、というゲームでして。ジェフが勝者です。成功したのはかれだけですから」

ペリー・ローダンはデイトンから状況の報告をうけた。第一感情エンジニアにもイホ・トロトの奇妙なようすの理由はわからなかったが。

《ソル》のエグゼク1は真剣にうなずき、

「数日前からトロトがなにかおかしいとは気づいていたのだ。ふたつの脳ぜんぶを要求する問題に関わっているかのような放心状態だった。なにか温めているな」

「わたしもそういったのです！」と、ジェフリー・ワリンジャーが叫ぶ。まわりからのあきれた視線を感じ、すぐに唇を噛んだ。

「なんであれ、イホ・トロト自身にまかせよう」ローダンはこの話題を打ち切った。司令室に隣接する、少人数の作戦会議に使われる部屋に向かう。ほかの者もしたがった。

会議テーブルをかこんだそのとき、一マット・ウィリーが頭をつっこんできて、

「ひょっとして、ガルト・クォールファァートはいませんか？」と、おずおずとたずねる。

「いない」ローダンはどうにか怒りをおさえて、「すぐに見つかるだろうが。わたしは手伝わないぞ。まったく、長さ四キロメートルの宇宙船といえども、ポスビとウィリーの連中にじゃまされずにすむ場所がないとは。どこに行ってもいたるところで遭遇する。もうこれで終わりにしよう。グッキー、ガルトをテレパシーで探し、どこにいるかウィリーにいってくれ」

ネズミ＝ビーバーは神経を集中。ほどなく顔を輝かせ、

「見つけたよ！」

しかし、すぐに困った顔でうつむく。

「違った」と、気勢をそがれたように、「つまり、ガルトはいま、じゃましちゃいけない状況なんだ」

「そういうことか……」と、ローダン。思わずにやりとし、咳ばらいをした。

「ガルトは女性となにか集中的コンタクトをとっているのですか？」マット・ウィリーは無邪気にたずねた。からだが痙攣するように脈動する。

「集中的コンタクトか。うん、そういえなくもないな」と、グッキーが同意。

「警報！　警報！」マット・ウィリーはヒステリックな悲鳴をあげて跳びだしていき、

テレカムに叫ぶ。「ガルトにきわめて高い感染の危険があります！」

エグゼク1は警備班に、当分のあいだ全ポスビとマット・ウィリーをSZ＝2の中枢部から遠ざけておくよう命じる。それから、会議のプログラムへ移行した。

＊

「最初の問題が解決したら、第二計画の行動開始だ」と、ローダンが口火を切る。「ラスとグッキーのおかげでロルフスの状況が明らかになった。これでケロスカー二十六体は、おちついてにせの戦略計画をつくり、ラール人に提出することができる。銀河系における公会議の力は崩壊へと導かれるはず。とはいえ、八十年は長い……とりわけ、打撃をうけた諸種族にとっては」

「そういうこと」と、グッキーが同意。「のんびりかまえたり、なりゆきまかせにはできないよ。八十年間、銀河系のすみっこにおとなしくひっこんでニンジンづくりに精を出すのも、そりゃ魅力的な考えだけどさ」

「よろしい。では、きみの願いがかなえられるようにしよう」と、ローダン。「ほかの者はそのあいだ、別方面で活動する」

「冗談のひとつくらい、いってもいいだろ？」グッキーがぶつくさいった。きょうはなぜか理解されていないと感じる。

「長期計画にはわれわれの行動もふくまれるものと考えますが」と、ジェフリー。「手をつけるべきところは多いでしょう。とりわけ、ラール人の撤退後、銀河系全種族が協調していくために、やることはいくらでもあります。それに関し、ドブラクと確率計算をやってみました。八十年後、銀河系の状況がきょうと同じであるとすれば、公会議が消えさったあとは完全なカオス状態になります。いきなり自由をとりもどしても、個々の種族は特別なことをはじめるすべを知りません。権力闘争に明け暮れるばかりでしょう」

「同感ですね」と、ガルブレイス・デイトン。「アトランもそう予想しているかと。だからこそ、ラール人に対する権力ブロックとしてだけでなく、将来のためにGAVÖKを創設したのです」

「残念ながら、そうは思えません」と、ラス・ツバイ。「わたしの判断のほうがましですね。GAVÖKが設立されたとき、すでに銀河系にいたのですから。実際、創設会議にも出席して……悟られてはいませんが。そのあと、この問題に関し、アトランとも話をしたもの。アルコン人は未来について考えていませんし、考えられる状態にもありません。ラール人の支配があと数世紀はつづくという前提から出発せざるをえないので、短期間に効果の出る計画はないのです。それが、GAVÖKが機能しない主原因でしょう。すくなくともわたしはそう見ています」

「無条件には同意できないな、ラス」と、ふたたびローダンが話しはじめる。「八十年計画があれば、GAVÖKからより多くのものをひきだせると考えている」

「つい本音をいってしまいましたね」と、ワリンジャー。「GAVÖKを利用するつもりだろうと思っていました。それに対してはアトランも黙っていないでしょうが」

「アルコン人はそもそも、理性的論拠に反することが多い」と、ローダンが冷静に、

「あれほど頑固でなければ、ここまでの道がまちがっていたとわかるはずだが」

「われわれ、アトランが頑固だという点で一致したわけですね」タクヴォリアンがはじめて発言する。「だからといって、チーフが同じ轍《てつ》を踏むことはありません。それでは前線を先鋭化するだけですから」

ローダンはかぶりを振り、

「わたしとアトランのあいだに、先鋭化する前線などない。意見が違う……それだけのこと。友情にはなんの影響もおよぼさない。ふたりとも同じものを望んでいるが、方法が異なるだけだ。こちらは自分たちの方法が正しいと知っている。変更はできない。それをアトランにも明らかにすることが唯一の問題だ。いってわからないなら、行動で納得させなければ。交渉し、アルコン人の目を開かせよう。そうすれば誤りを理解し、分別をとりもどすはず」

「アトランが同じような期待をしていなければいいのですが」と、タクヴォリアン。

「われわれ全員、あなたの予想が正しいことを願っています、ペリー。しかし、このような力比べにも似たことは、重要視しないほうがいいのではないかと」

「反対提案か？」と、ローダンが簡潔にいう。

「待つのです！　ケロスカーが太陽系の七次元計測を完了し、メールストロームにおけるテラの座標がわかるまで。まず地球にもどり、銀河系において機が熟すのを待ちましょう。ケロスカーの戦略の成果があらわれれば、アトランも気づくはずです」

出席者のほぼ全員がタクヴォリアンの提案に反対を表明。ただし、ジェフリー・アベル・ワリンジャーだけは意見をひかえた。

「GAVÖKとコンタクトするなら、アトランを介さないことです」と、このテーマにもっとも習熟しているラス・ツバイが発言。「GAVÖKは均質の構成員からなる組織ではなく、ゆるい結びつきにすぎません……メンバーそれぞれが自分のスープをつくっているような。アトランは一年かけても、個々の種族の利害をわきにおいて宇宙的利害を追求することができなかった。その仕事に向いていたかどうかも疑問ですね。アトランが道を誤ったと感じている種族もいるでしょう」

「一度アトランを局外に立たせてみよう」ローダンがそっけなくいう。「一銀河全体の問題だから。GAVÖKが機能していないのはたしかだが、それでも連合に属する全種族はある一点で意見を同じくする。つまり、ラール人の力を粉砕したいわけだ。全員が同じことを望んでいるのに協調できないとすると、なにかがおかしい。うまくやればGAVÖKを戦闘力のある組織に変えられるはず。やってみようじゃないか。わたしはその第一歩を、ドブラクたちケロスカーとの関係においてしあげる」

ローダンは会議テーブルの制御コンソールのキイを押した。この多目的テーブルは軍事戦略の〝砂盤演習〟に使われるため、前もってそれにふさわしくプログラミングされている。

プレートが明るくなり、銀河系の三次元コピィが渦状星雲の〝俯瞰図〟のかたちで登場。

そのなかで赤く輝く三点が同じ色の破線で結ばれ、三角形を構成している。

「これをGAVÖK三角形と名づけた。連合の拠点となるもっとも重要な三惑星を結んでいるから」と、ローダンが説明し、一点をさししめす。「これはアルコン人、アラス、スプリンガーが駐留するワクロス＝オーク星系の惑星サーフォンだ。かつてのタレイ盟邦の勢力圏にあり、太陽系から一万七千二百十一光年はなれている。ガルブレイス、フェルマー、ラス。軽巡でサーフォンに飛び、アルコン人諸種族の協力の可能性を探ってもらいたい」

呼ばれた三人はうなずくだけで、質問はしない。

エグゼク1は次の点をさししめした。ソルの目印からもっとも遠くにあり、銀河イーストサイドに位置している。

「これはソックター星系のイルフ。ソルから六万七千三百九十九光年はなれ、ブルー族領域の深奥部にある。いまわかっているかぎりでは、ブルー族のほか、若干の比較的小規模な非ヒューマノイド種族の代表が駐留している。ジェフリー、バルトン、タクヴォリアンに飛んでもらう。ブルー族も、すでにわたしが銀河系に到着したとの情報を得ているはず。きみたちがコンタクトをとっても、それほど驚きはしないだろう」

最後にGAVÖK三角形の三番めの点をさししめし、

「トマス・オルメンスだ」と、説明。「恒星ホワイトマーの七惑星のうち、五番めの惑星で、アコン人とアンティの代表の集合場所になっている。この任務はわたしがひきうけよう。同行するのはグッキーとメルコシュ。トマス・オルメンスへの途上にはもうひとつ重要なGAVÖK惑星があり、エプサル人、エルトルス人、シガ星人が集結している。この三種族からは容易に協力が得られるはず。したがって、GAVÖK三角形のなかにふくめなかった。運だめしに訪れることになるかもしれないが。詳細はさらに検討しよう。もちろん、各派遣団にはくわしい資料を用意した。根本的なところでの質問はあるか？」

「ひとつだけ提案します」と、ラス・ツバイが申しでる。「第四の派遣団を組織すべきでは。長旅になるでしょうが」

「で、どこへ？」と、ローダン。

「ハルト人が引きこもっている小マゼラン星雲へ」

ローダンはかぶりを振り、

「無意味だと思う。コンタクトをとりたいのなら、ハルト人のほうからそうするだろう。トロトと話をしてみたが、自分の種族を探すことは拒んだ」

「イホ・トロトが石になったのは、種族が姿をくらまして悩んだせいでは？」と、メルコシュが叫ぶ。まるで、賢者の石を発見したかのように。

やれやれ、といいたげな視線が集まった。ガラス男の仮説はうけいれられなかったらしい。

「卵を温めているというジェフリー説のほうが、ありそうだな」バルトン・ウィトがいった。

＊

「トロトは大丈夫だろうか」と、ペリー・ローダン。グッキーとメルコシュとともにSZ＝2の司令室を出て、搭載艦艇格納庫に向かうところだ。軽巡SZ＝2＝K49が、たのもしい乗員六十名とともにスタートを待っている。

半時間前、ガルブレイス・デイトン、フェルマー・ロイド、ラス・ツバイの第一派遣団はすでにSZ＝2＝K47で出発。ワリンジャー教授、バルトン・ウィト、タクヴォリアンの乗るSZ＝2＝K48の出発も、十分前に伝えられた。

ペリー・ローダンは心配そうにイホ・トロトの前に立った。トロトが構造を変化させたのには多くの理由が考えられる。ハルト人の人口が十万人を下まわったため、子孫の心配をしなければならない……そうした知らせを、なんらかの方法で種族からうけたのだろうか。ローダンはほかの者のように愉快には思えなかった。イホ・トロトはホームシックめいたものを感じているのかもしれない。

なんであれ、このような推測は無意味だ。ただ、トロトが心中を打ち明けようとしないのが残念でならない。

「行こう」ローダンは自分自身に声をかけた。

「歩いてかよ」と、グッキーがぶつくさいう。「そんじゃ扁平足になっちゃうよ。なんでかんたんにテレポーテーションしないんだい？」

「トマス・オルメンスでその能力を使うチャンスはたっぷりあるさ」と、メルコシュ。

まさに反重力リフトに乗ろうとしたとき、探知センターが警報を発した。ローダンはただちに方向転換し、センターにつくなり、たずねる。

「どうした？」

「一宇宙船がわれわれのポジションに接近中です」と、探知責任者が興奮して報告。

「探知結果が正しければ、ハルト人に関係した船かと」

もちろんこれは、ハルト船の出現に驚愕した探知士の婉曲ないいまわしにすぎない。いまの状況で、探知ポジトロニクスがまちがえるわけはない。

「ハルト人？」ローダンは驚き、「ただちに通信連絡をとり……」

「すでにハルト人のほうから連絡が」と、通信センター。「つなぎます！」

すぐに、スピーカーから低くてよく響く声が聞こえてきた。

「ハルト種族のルラトン・ペルラトとグレインセン・トストからペリー・ローダンへ。貴船に係留し、乗船する許可をいただけますか？」

スクリーンに黒い小型球型船があらわれた。巨大な《ソル》に比べればビー玉のようだ。

「ハルト船をSZ＝2＝K48のあいた格納庫に誘導するように」ローダンは命じ、そこへ急ぐ。司令室を横切るとき、イホ・トロトに声をかけた。「うれしい知らせだ、トロトス。きみの同胞がふたり乗船したぞ。ひとりはにせ《マルコ・ポーロ》の破壊に貢献したルラトン・ペルラトだ」

イホ・トロトにはこの〝うれしい知らせ〟も聞こえないらしく、相《あ》いかわらず動かぬ立像のまま。ローダンはため息をついた。グッキーの提案を採用し、格納庫にテレポーテーションする。

グッキー、ローダン、メルコシュは格納庫の司令スタンドで実体にもどった。そのとき、外側ハッチが開く。小型ハルト船が誘導ビームによってひきいれられ、格納庫の床に降りた。エアロックが開き、戦闘服を着用したハルト人ふたりが出てくる。

ローダンは歓迎の挨拶をしようと、ふたりのところへ急いだ。ところが、そこまでたどりつかないうちに背後で騒ぎが生じ、つむじ風のようなものがかたわらを通過。

イホ・トロトだ。

「トロトス！」

「ペルラトス！　トストス！」

三名は襲いかかるように駆けより、走行アームと作業アームでたがいをたたきあった。あたりに轟音が響く。はげしい歓迎のセレモニーが長くつづいたと思うと、唐突に終わった。ハルト人の感情の高まりが消滅したのだ。

ルラトン・ペルラトがペリー・ローダンに向きなおり、走行アームをさしだす。用心深く、軽い力で握手をし、

「わが種族は期待をこめて、もっとも偉大なテラナーの帰還を待っていたのです。SZ＝1の乗員たちがその日は遠くないと約束しましたが、これほどすぐに会えるとは思ってもいませんでした。新人類においてはとっくに失われたテラの精神も、あなたとともに銀河系にもどるでしょう」

「信頼に感謝する、ペルラト」と、ローダン。「銀河系でもっとも賢明な種族の代表に会えて、わたしもうれしい。しかし、心配もしているのだ……ハルト人の精神は、ハルト生まれの人々が未知の理由で故郷惑星をはなれたあともなお、生きつづけているのだろうかと」

「信じてほしいのですが、ローダン。われわれ、よろこんで故郷惑星をはなれたのではありません。状況に強いられたので」と、グレインセン・トストが説明。「ラール人の武力に武力であたるか、銀河系解放のため平和的な方法を模索するか、選択せざるをえなかったのです。理性が勝利しました。あなたはわれわれの歴史を知っています、ローダン。ハルト人のなかにどのような衝動と本能がひそんでいるか、ご存じのはず。われわれがそれに身をまかせたら、銀河系はカオス状態になっていたでしょう。ラール人に勝利したあと正気にもどったかどうか、わかりません。さらには、ほかの銀河にまで戦争を拡大していた恐れもあります」

「あなたがたが臆病からではなく、深い洞察から撤退したことは知っている」と、ローダン。「しかし、わたしは期待していたのだ。ハルト人が銀河系の諸種族を支援し、公会議との戦いにすくなくとも賛同するものと。あなたがたをふくめた銀河系種族の協調あってこそ、異勢力による枷《かせ》をはずすことができるのだから」

「〝協調〟は何度も会議の話題にされました」と、ルラトン・ペルラトがいう。「そこでの善意がGAVÖKに結晶したのです。しかし、どの種族もまだ種族意識が強く、宇宙的思考ができない。GAVÖK設立からテラ時間でほぼ一年がたちますが、いまだ協調するまでにいたっていません。わたしは設立会議のさい、NEIの統治権者アトランに対し、ハルト人の考えを明らかにしました。GAVÖKが機能するようになれば、事態の推移に介入すると。この立場は今日《こんにち》まで変わりません。真の成功のチャンスが生まれるまでは賛同を拒みます。チャンスは協調によってしか生まれないでしょう。いまなお認められませんが」

「その点に関しては同意見だが、ペルラト」と、ローダン。「今後はすべてが変わると断言しよう。GAVÖKにあらたな動機づけをし、組織をひきしめ、ひるむことのない権力ファクターにしたてあげようと考えている……ラール人との権力闘争のために。ちょうど二派遣団がGAVÖKのメンバー種族のところに向けて出発したところ。わたしも三番めの派遣団の一員だ」

ルラトン・ペルラトとグレインセン・トストは視線をかわしたあと、イホ・トロトを見た。それがなにを意味するのか、ローダンにはわからない。無言の話しあいであることは推測できたが。やがて、ハルト人三名はいきなり哄笑を轟かせる。まわりに立つ者の鼓膜が破れるのではないかと危ぶまれるほどに。

イホ・トロトが最初にしずまった。作業アームをローダンの肩におくと、

「ペルラトスとトストスを味方につけたぞ、ローダノス。ふたりはいい知らせを携え、種族のもとに帰ることができる。あなたの計画が実を結び、GAVÖKが意図した使命へと導かれれば、ハルト人にも動機があたえられるというもの」

ローダンは考えをめぐらせ、身長三メートル半のルラトン・ペルラトを仰ぎ見ると、

「ひとつ重大な問題がある。目的達成への努力を惜しみたくないのだ。ハルト人種族のところに行って話をする機会が得られればいっそうありがたいのだが、ペルラト」

「それは不可能です、ローダン」ルラトン・ペルラトが簡潔にいう。イホ・トロトをさししめし、「トロトスに種族のかくれ場を教えるつもりも、その理由をいうつもりもありません。この態度をうけいれてもらうしかないのです、ローダン。われわれはいま、将来への期待に満ちています。その期待をわが種族に伝えるものと思ってください」

ローダンはすこし失望した。ペルラトとトストがあらわれたことで、ラール人との戦いにおいてハルト人の無条件協力を得られるチャンスだと思ったのだが、思惑違いだったようだ。それでも、あきらめてはいない。GAVÖKが名前にふさわしい組織になれば、ハルト人もくわわるという。そのことが、未来を確信に満ちたものにした。

ローダンにとり、ハルト人の約束はあらたな激励となる。

「ハルト人の条件を満たすよう、全力をつくすつもりだ」と、ローダン。

「あなたにならできるとも、ローダノス」と、イホ・トロトが太鼓判をおす。

ローダンはこの機会をとらえ、トロトが立像のように硬化したことについて質問した。

「なにがあった、トロトス？　どういう問題を抱えている？　わたしに心中を打ち明けたくないのか？」

「まったく個人的な問題で、あなたに負担をかけたくないので」と、イホ・トロトは質問をかわす。

それ以上は聞かなかった。

もうハルト人たちと論ずることもないし、かれらも話が終わったとみなしているようだ。《ソル》のエグゼク1は軽巡で外交的任務に出発。

最初ほど自信満々ではいられなくなっている。ローダンは賭けていたのだ……おのれの名が銀河系諸種族のもとでいまなお意味を持ち、帰還の噂がひろまって議論されていることに。

だが、すでに二度、失望を味わった。

一度めはヴラトとして人類の利益を守ろうとしたとき。二度めはプロヴコン・ファウストで、住民たちから要求をすげなくはねつけられたとき。

こんどはどうなるのだろうか？

3

サーフォンのNEIオフィスに興奮がはしる。惑星へ接近する未知船に対するスプリンガーの通信を傍受したのだ。

「着陸を許可します。ただし、保安上の理由から宇宙港へは着陸しないでいただきたい。会合ポイントとしてアラス・バイオ・ステーション4を提案します。南極域にあるアラスの研究所でして、現在は閉鎖中ですが。目標への案内役を派遣します」

ダジ・シャグはすぐに、未知船がテラの建造モデルであることを確認。さらなるデータから、ペリー・ローダンの《ソル》の軽巡と判明した。

NEIと連絡をとり、あらたに指示を仰ぐゆとりはない。自分たちで決定する必要がある。工作員たちは短い協議ののち、スプリンガーへの抗議書を用意することなく、秘密の会合ポイントへ直接おもむくと決めた。

NEI工作員五名がグライダーに乗り、ひそかに南極に向かう。閉鎖中のアラスのバイオ・ステーションから十キロメートルはなれたところに降り、戦闘服を着用。パルセーターを使って目的領域に飛んだ。

最初の探知で、ステーションはいまも無人だとわかる。

「よし」と、ダジが怒ったように、「会合ポイントを占拠しよう。アラクシオスのやつ、目をむくぞ。ペリー・ローダンの使節とともに到着したら、われわれがすでに待ちうけているのだから」

ステーションは厚さ十メートルの氷の層に埋まっていた。シュプールをのこさず侵入するのはエネルギーを消耗する。すこしはなれたところからサーモ・ブラスターで氷を溶かし、トンネルをつくってたどりつくしかない。

たどりついたあとも、居心地よくというわけにはいかなかった。ステーションの各設備はまだ完全に機能するだろうが、スイッチをいれたら、まちがいなくスプリンガーに探知される。戦闘服で身を守るしかない。氷点下よりずっと低い温度のなかにいるというのに、内蔵の暖房装置をフル作動することもできないのだ。

「寒くてかなわん！」と、ひとりが悪態をつく。

「考えすぎじゃないのか、ダジ」と、べつの男。「アラクシオスは通信で偽装工作し、ローダンの使節を待たせておくつもりかもしれない。この件で助言をもとめようと、宇宙港でわれわれを必死に探していることも考えられる」

「ありえない」と、ダジはさげすむようにいい、骨まで凍てつく寒さを追いはらおうと体操をはじめた。「アラクシオスに対するわたしの評価はまちがっていない。やつはGAVÖKにそむくため、ローダンとのコンタクトを切望しているのだ。チロの件もアラクシオスに責任があるにちがいない……」

NEI工作員五名は辛抱づよく待った。だが、五時間たってもステーションに宇宙船の接近はない。リーダーのダジはひとりに命じ、ステーションの探知センターを〝解凍〟して慎重に作動させた。

「すぐ近くに宇宙船はいない」と、失望したような報告。

「すこしのあいだ、暖房装置をフル作動に切りかえてもいいのでは？」と、ひとりがいう。ダジは許可した。それと同時に遠距離探査を命じ、サーフォンの周囲の全宇宙空間で未知船を探させる。

「探知、ネガティヴ」と、まもなく報告があった。「ワクロス＝オーク星系の全宇宙空間になにもいない。それどころか、パトロール船一隻すら確認できない」

ダジは怒りに身を震わせた。

「ローダンの船は飛びさってしまったのでは？」と、ひとりが推測。「アラスもスプリンガーもアルコン人も、NEIの同意なく着陸許可を出せなかったんだろう」

「アラクシオスはすでに着陸許可を出している」と、ダジ。

「なら、撤回したんだ」

「いや！」と、ダジがかぶりを振る。「わたしはアラクシオスをよく知っている。われわれを愚弄したのだ」

「ということは……」

男たちはリーダーを驚いたように見つめる。

「そうとも。ここに、われわれを意図的におびきだしたのだ」ダジはやり場のない怒りをあらわにした。「なんとおろかだったのか！　さ、店じまいだ！　ただちに基地にもどる。スプリンガーがまだ大きな損害をあたえていないことを望むのみ」

NEI工作員たちは歓喜した。これで戦闘服の暖房装置を作動させ、凍りついたステーションから逃れることができる。

＊

「気にいらないな」と、フェルマー・ロイドがいった。サーフォンのGAVÖK基地から着陸許可がとどいたあとの、SZ＝2＝K47の船内である。「なぜわれわれを、南極域にある閉鎖中のステーションなんかに誘導するんだ？」

「すぐに最悪のことを考える必要はないさ、フェルマー」と、ラス・ツバイ。「スプリンガーにはそれなりの理由があるのだろう。われわれの船がラール人のSVE艦に発見されることを恐れているのかもしれないし」

ガルブレイス・デイトンは惑星サーフォンの探知結果を考え深げに精査している。とくに留意点はない。テクノロジー施設の活動を示唆するようなものは皆無《かいむ》だ。宇宙船工廠と武器補給廠を擁する大規模な基地があるのは知っているが、みごとにカムフラージュされている。

探知の連絡がはいった。長さ十メートルのシリンダー型搭載艇が接近したとのこと。スプリンガーに特徴的な船だ。つづく通信連絡により、転子《ころ》状船が約束の案内役を送ってきたとわかる。船に迎える前に、デイトンはロイドに依頼した。

「フェルマー、テレパシーで案内役に探りをいれてくれないか。メンタル安定化処置がされていたら、搭載艇の乗員の思考から情報を得るんだ。なにか怪しいと思ったら、ただちに知らせてほしい」

男がふたり、転子状船から軽巡に乗りうつった。ひとりが案内役で、もうひとりは顔一面に赤髭をたくわえた巨人である。典型的なスプリンガーの外観だ。アラクシオスと名乗り、サーフォンにおける種族の全権大使だと自己紹介した。

「いわくありげなやり方と、いぶかっておられるでしょうが」アラクシオスがデイトンの考えを読んだかのように説明しはじめる。「理由はかんたんなのです。われわれの通信を傍受しているNEI工作員をあざむきたかっただけのこと。あなたがたのような高官の訪問に対し、極地においやろうなどとはもちろん考えておりません。ペリー・ローダンの派遣使節にふさわしい敬意をもって、GAVÖKの中心部で歓迎するつもりです。NEIの代表者が不在だとすれば、それはかれら自身が招いた結果というもの」

スプリンガーは愉快そうに笑う。テレパスがうなずいたのを見て、デイトンはようやく儀礼的に同意した。アラクシオスの言葉は思考に一致している。つまり、罠ではないということ。

アラクシオスが案内役を軽巡の艦長のそばに行かせた。SZ＝2＝K47はサーフォンへのコースをとる。

「GAVÖKのほかの代表者たちはどうです？」デイトンはスプリンガーにたずねた。

「サーフォンにはアラスもアルコン人も駐留していると思いますが」

「そのとおりです」と、アラクシオス。「アラスとアルコン人とはレセプションで会えるでしょう。しかし、かれらは消極的同調者です。われわれにしたがうしかない。結局のところ、スプリンガーしだいなのですよ」

かなり大口をたたいているな、とデイトンは思う。GAVÖK代表者たちとの交渉はもっと違うかたちをとると考えていたのだが。一種族の代表者がほかの種族のスポークスマンをつとめることには違和感がある。とりわけ、スプリンガーがNEIに対して奸策をめぐらすのは問題だ。この任務に悪い印象をあたえかねない。ペリー・ローダンにとっても、スプリンガーのやり方は……

「なぜ、あなたはスプリンガーの声にそれほど重きをおけるのですか？」と、デイトンが慎重にたずねる。

アラクシオスは真剣な表情になった。目を細め、考えをめぐらせるように感情エンジニアを観察。

「それは、あなたがサーフォンにきた理由によります。たんなる表敬訪問ではないのでしょう？」

デイトンはかぶりを振る。スプリンガーがこうして交渉の用意があることをしめしたのは、本来ならよろこぶべきだろう。しかし、ひょっとするとＮＥＩともめるかもしれない。ローダンとアトランのあいだには、すでに誤解が充分あるというのに。

軽巡は荒涼とした印象のサーフォンの宇宙港に降下。管理棟、工廠、格納庫と境を接する町をふくめ、ひとつながりの瓦礫に見える。画像を拡大してみると、種々の改装作業のあとが判明した。〝廃墟〟の前に着陸してはじめて、すべてがカムフラージュであるとわかる。空から瓦礫のように見えたのは、じつは広大な工廠の屋根だった。

軽巡は誘導ビームによって最新設備をととのえた格納庫へ導かれる。はいると背後でハッチが閉じた。ハッチの外側はひどく崩壊して見えたが、内側はとりつけられたばかりのように新しい。

「ラール人や超重族に悩まされることは？」と、デイトンがたずねる。

アラクシオスはばかにしたように手を振り、

「せいぜい何年かに一度SVE艦があらわれ、遠距離探知をするくらいで」と、軽くいう。「ラール人警報はほとんど楽しみのようなもの。唯一の気晴らしですな。だからこそ、サーフォンであなたのような高位の客人を歓迎できるのがありがたいのですよ、ガルブレイス・デイトン」

＊

デイトンはフェルマー・ロイドとラス・ツバイを紹介するにあたり、ミュータントであることをかくしたほうがいいと判断した。外交官とだけ告げる。それは決して嘘ではないわけだから。

レセプションは大会議場で催された。この目的のために、そなえつけのシミュルタン・トランスレーターつきテーブルを運びだし、百名がすわれる蹄鉄《ていてつ》形の食卓にとりかえてある。

デイトン、ロイド、ツバイに上座の主賓席が割りあてられ、向かい側にはサーフォンに駐留するGAVÖK種族の代表たちがすわった。すでに知っているアラクシオスにくわえて、アラスのマルツァル、アルコン人のゴルガルだ。全員、食事のあいだは一般的な話題に終始し、焦眉の政治問題にうっかりはいりこまないようにした。公的行事が終わると、デイトンはアラクシオス、マルツァル、ゴルガルといっしょにすわり、フェルマー・ロイドとラス・ツバイは客たちのあいだにまぎれこむ。舞台裏の出来ごとに関して情報を得るために。

テレパスのフェルマー・ロイドにとり、それはかんたんなことだった。知りたいテーマを持ちだしさえすればいいのだから。相手が情報提供したくないと思っても、思考を読めば手にはいる。

「さて、デイトン」と、アラクシオスが出しぬけに大声で、「そろそろじらすのはやめて、ローダンがなぜあなたを派遣したのか、話していただけませんかな」

デイトンはいくぶんまわりくどく話しはじめた……ローダンはGAVÖKがあまりうまく協調していないと思っていることや、その原因をどう考えているかということを。

アラクシオスがいらいらとさえぎり、

「わかりきった話はよしていただきたい、デイトン。GAVÖKが機能していないのはだれでも知っています。でなければ、こうした状態ではないわけで。わたしが聞きたいのは、ローダンがどうやって銀河系諸種族を助けるつもりかということ。そもそも、かれはGAVÖKをどう思っているのですか？」

「公会議、とりわけラール人との戦いにおいて、連合は大きな効果をあげる機関となりえる。ローダンはそう考えています」と、デイトン。「GAVÖKは予期せぬ可能性を持つのに、その可能性が使われないまま放置されているのは、許しがたく軽率だと。喫《きっ》緊《きん》の課題は、連合の諸種族が合意に達することでしょう。各種族の権利や義務を複雑な条約で定めるようなやり方ではだめです。とりわけ、協調への覚悟を個々のなかに呼びさまさなければなりません。それがあってはじめて、同盟や条約の実現が期待できるのですから」

「アルコン人は協調への覚悟をいつもしめしています」と、ゴルガル。「ほかの種族も同じようにすれば……」

「だまっていてもらいたい、ゴルガル」と、アラクシオスがさえぎった。「あなたがたは自分たちの問題ばかり話す。スプリンガーのほうがはるかに、全体のことがらに関わっているのだ。しかし、われわれは孤立している」

「その理由は」と、アラスのマルツァルが言葉をさしはさむ。「あなたがたが理性の政治を軽視し、いつもアラスに反対するからではないか。スプリンガーがきわだつのは、エゴイズム以外のなにものでもない」

「おやめください！」デイトンはなだめるように両手をあげる。「GAVÖKメンバーがいかに同調していないかをしめしたつもりですか？　口論からはなにも生まれません。問題の原因がどこにあるのか自問してみては？　ペリー・ローダンならそうします。そうやって、答えだけでなく、解決策も見つけます。協調できない原因は、なにより銀河系諸種族のモティベーションの欠如にあります」

「モティベーションの欠如?」と、ゴルガルが驚く。「とんでもない、デイトン。自由を獲得する戦いへのモティベーションならありますぞ」

「なにかが違うということ」と、デイトン。「アトランはGAVÖKの戦術を自分の政策と完全にあわせました。〝スタトゥス・クオ〟……現状維持政策をたもち、ラール人を刺激しないようつとめている。このやり方では、早くても八百年後にしか成果が出ません。遠い子孫がようやく達成できるような目的ですから、心理学的に見れば、いまの世代にははげみにならない。しかし、自由の日を味わうチャンスが自分たちにあるとなれば、大車輪で戦うはず」

アラスとスプリンガーとアコン人はたがいを見つめあった。

「つまり、あなたはこういいたいのですな」と、ゴルガルが慎重に、「ローダンなら、アトランよりもずっと早くラール人を追いはらうことができると?」

「ローダンといえども保証はできません」と、感情エンジニア。「しかし、すべてが計画どおりに運び、GAVÖKの支援があれば、銀河系は八十年後に自由をとりもどすことが可能です」

「八十年……」マルツァルは信じられないとばかりに、「驚くべき短期間ですぞ。アトランは、解放のプロセスにはその十倍かかると考えていますから」

「だとすれば、ローダンはスプリンガーを計算にいれていただいてけっこう」と、アラクシオスが衝動的にいい、アラスとアルコン人を見つめる。「あなたがたはどうなのだ？」

「ローダンはわれわれになにを期待しているのです？」ゴルガルが用心深くたずねた。

「GAVÖKがローダンの指揮下で結束すること」と、デイトン。

「わかりやすい要求ですな」と、アルコン人は考えをめぐらせる。

アラスのマルツァルも長くはためらわず、

「その計画にほんとうに成功のチャンスがあるのなら、ローダンはわが種族の支援もあてにできますぞ」

背後で喧噪が生じた。簡素なコンビネーションを着用した男が五人、宴の客を押しわけてやってくる。

「いったいNEIに対する陰謀はどれくらい進捗している？」先頭の男が叫んだ。

アラクシオスが跳びあがり、

「なんという失礼を、ダジ！　ただちに発言を撤回するのだ。さもないと、責任を一身にひきうけることになるぞ」

ダジ・シャグはテーブルごしに身を乗りだして、スプリンガーをにらみつけた。しずまりかえった会場に大声が響く。

「断じて撤回しない。いわせてもらう。ＮＥＩに対する陰謀を以前から念いりに準備していたのだな。ペリー・ローダンの派遣団がちょうどいいところにやってきたわけだ、アラクシオス。あなたが一行を呼んだのだと、わたしは確信すらしている」アラスとアルコン人を軽蔑するように見て、「マルツァルとゴルガルと申しあわせたうえでのことだろうが」

「自制しなさい、ダジ」マルツァルが憤慨する。「なにをいっているか、わかっているのか」

「もちろんだ」と、ダジ・シャグ。「やっていいことはわかっている。だが、あなたがたは明らかにわかっていない。条約で定めたＮＥＩに対する責任を忘れているようだな。ローダンの派遣団との協定は裏切りに等しい」

ほかの者が言葉を発する前にガルブレイス・デイトンが、

「もっと慎重に言葉を選ぶべきだ」と、ＮＥＩ工作員にいう。「あなたの告発はまったくのでっちあげにすぎない。陰謀の証拠があると思うのなら、われわれとの交渉のテーブルについてほしい」

「隠謀家とは交渉しない！」ダジ・シャグは興奮して叫び、アラクシオスを憤怒の視線で見すえた。「今回はやりすぎたな、アラクシオス。スプリンガーがどういう方法を使ってＮＥＩを閉めだそうとしたか、報告する。チロの件もあなたに責任があると、忘れずに伝えるぞ。暴力的に情報を聞きだそうとして精神錯乱に追いやったことを証明するつもりだ」

スプリンガーは顔を怒りで紅潮させ、

「証明できるものならやってみろ、ダジ！」と、叫びかえした。「さもないと、命とりになるぞ。牢獄でたっぷり考えるのだな。保安係！　ダジ・シャグとほかのＮＥＩ工作員を逮捕するのだ。逃亡の恐れがあるので、独房に監禁するように」

保安係は全員がスプリンガーだ。ＮＥＩ工作員を壁に押しやり、武装解除する。

ガルブレイス・デイトンは居心地が悪かった。ダジ・シャグに話しかけて遺憾の意をあらわそうとしたが、ダジが機先を制し、

「すべてペリー・ローダンの思惑どおりなのでしょう？」

そのとき、デイトンは悟った。言葉ではこの男を説得できない。

＊

ダジ・シャグは独房のかたいベッドに横たわり、まどろんでいた。突然、なにものかがドアを開けたような空気の流れを感じる。物音は聞こえなかったが、ベッドから身を起こした。

目前に男が立っている。宴会でガルブレイス・デイトンの近くにいた人物だ。

「なにもの……なんの、用だ？」驚愕のあまり口ごもりながら、聞いてみた。

「わたしはラス・ツバイ」と、アフロテラナーが自己紹介する。「名前くらいは知っているだろう？」

「ラス・ツバイ？」ダジ・シャグは信じられないようすで、「テレポーターの？」

ラスはうなずき、

「そうでなければ、牢獄のなかにどうやってはいるのだ？　ドアには鍵がかかっているのだぞ」

「わたしになんの用です？」NEI工作員は疑わしそうにたずねる。

「まず、その攻撃的な態度をやめることだな」と、ラス・ツバイ。「きみの最大の過ちは、NEIの政策に無条件にしたがわない者を敵とみなす点だ」

「しかし、あなたは敵側に立っているではありませんか」と、ダジが応じる。

「それは思い違いだ」と、ラス・ツバイ。「わたしはペリー・ローダンの側に立っている。しかし、NEIの敵でもない。ローダンとアトランはずっと友だった。それを知らないで、テラの歴史を知っているとはいえない。ふたりはいまも友だ。いくつかの点で意見の相違があっても、友情にはなんの影響もおよぼさない。ふたりとも同じ目的をめざしている。ただ、方法が異なるだけのこと」

「なぜ、そのような話をするので？」と、ダジ。「わたしが意見を変え、あなたがたの怪しげな目的にひきこまれるとでも？」

ラス・ツバイは嘆息し、

「わたしが敵ではないと説明しているだけだ。きみが自由になれるよう、助けたいとも思っている」

「アラクシオスはそれを望んでいません」

「わたしはスプリンガーの態度も、きみと同じくらいまずいと思う。両者とも具体的な行動をとっていない。ひょっとしたらきみのほうは、ここでみずからの過ちを認めるかもしれないが、アラクシオスはまだそこまでいかない。きみの釈放を拒んでもいるしな。だから、わたしは自分の責任で行動したのだ」

「で、条件はなんです、ツバイ？」

「なにも。この惑星のどこかにテレポーテーションしよう。どこがいい？」

ダジ・シャグは考えをめぐらせ、

「秘密基地でもかまいませんか？　遠距離エンジンをそなえた宇宙船の格納場所ですが」と、たずねる。

「この惑星をはなれる、はなれないはきみの問題だ」

「わたしの同僚はどうなるので？」

「同じように解放する」

「わかりました」と、ダジが同意する。「罠かもしれないが、リスクをおかしましょう」

「望みの場所をいってくれ」ラス・ツバイはそれには答えずに、「だいたいの距離と方向、あとは目的地の特徴的なことだけでいいから」

ダジはすこし考え、GAVÖKの居留地から二百キロメートルはなれた北大陸の海岸にあるNEI基地を描写してみせる。サーフォンを出るため、リスクをおかしたのだ。惑星での出来ごとに関し、NEIに報告する絶好の機会である。

ラス・ツバイはダジと肉体的コンタクトをとり、テレポーテーション。NEI基地の司令センターで実体にもどった。

「まだわたしの善意を疑うのか？」と、テレポーター。

「それについては、同僚全員の安全が確保されてから答えます」ダジが応じた。「医療ステーションの精神科にいるチロもふくめて」

ラス・ツバイはうなずくと、非実体化。

ひとりになったダジは武器戸棚に急いだ。パラライザーをとりだし、上着にかくす。

ラス・ツバイは五分で司令センターにもどってきた。ダジの同僚ふたりがいっしょだ。最初のときと同じ場所で実体化する。

三回めのテレポーテーションには二分しかかからなかった。すっかり動揺しているN

ＥＩ工作員ふたりをおくと、ツバイは状況説明をダジにまかせてすぐさま消える。

ダジは〝自己流に〟状況説明をし、こう言葉を結んだ。

「サーフォンをはなれ、コンタクト船と連絡をとる。船がわれわれをプロヴコン・ファウストに案内するはず。しかし、手ぶらで行くわけにはいかない。人質を連れていく」

いいおえたとたん、ラス・ツバイが実体にもどった。完全に無感情となったチロをともなっている。ダジはラス・ツバイを見ると、チロが射線からはずれるのを待たず、パラライザーを発射。テレポーターは麻痺ビームにやられ、音もなくくずおれる。チロも同様に麻痺し、いっしょに床に倒れた。

「アラクシオスに気づかれる前に、急いで逃げるぞ」と、ダジが仲間に命令。「まず、テレポーターをスペース＝ジェットに運びこんでくれ。チロの面倒はわたしが見るから……」

「止まれ！　そう急ぐんじゃない、諸君！」ハッチから命じるような声が響く。

振りかえると、ガルブレイス・デイトンのもうひとりの随伴者が立っていた。ダジと同じくパラライザーを手にしており、一瞬早く引き金をひく。ダジの右手が感覚を失い、指から銃が落ちた。

「どうやってここにきたので？」ダジが絞りだすようにいう。「やはりテレポーターですか？」

「いや、ただのテレパスだ」と、フェルマー・ロイドが笑みを浮かべる。「とはいえ、その能力を発揮することは多いが。助けた男が悪意を抱いたような場合にね。ラスはきみをここに運んだあと、わたしを隣室に連れてきたのだ。わたしはそこでじゃまされることなく、きみの思考を追っていたのさ。悪《あ》しき空想にとらわれているとしか思えないな、ダジ。プロヴコン・ファウストでの隠遁は、新人類になにももたらさなかったようだ。おかしな考えをせず宇宙的思考のできる人間が、まだいると願いたいが……」

「哲学めいた考察はやめて、そろそろ望みをいってもらいたいもの」ダジは憮然とする。「おかしいと思っていたのです。これではっきりしたわけですね。われわれをアラクシオスにひきわたし、スプリンガーにとりいるつもりでしょう」

「もう一度いう。きみは悪しき空想にとらわれている！」フェルマー・ロイドは一工作員の疑わしい思考を読み、威嚇するようにパラライザーをかまえた。「軽率なことはしないほうがいい。テレパスはいつだって、きみたちを僅差で打ち負かせるのだから」

「じらさないでください」と、ダジ。「われわれになにをもとめようというので？」

「ラスを人質として連れていくのを阻止したいだけだ」と、ロイド。「ひとつ忠告しよう。チロの診断書をじっくり吟味するんだな。胸ポケットにはいっているから。それを見れば、スプリンガーに対するきみの告発がまちがっているとはっきりわかる」

「なにがいいたいのです？」ダジは麻痺した同僚にかがみこもうとした。

「そのままにしておけ」と、ロイドが命じる。「ジェットでスタートしてから、医療ロボットの診断を仰ぐ時間は充分にある。しかし、いま教えておこう。こうなった責任はチロ本人にあるのだ」

「嘘だ!」と、ダジが叫ぶ。「あなたはアラクシオスをかばいたいだけだ。どうやって自分自身を精神錯乱に追いこむことができる?」

「たとえば、確信が持てないような場合さ」と、ロイド。「〝貯水槽弁〟が意図せぬ機密漏洩から自分を守るかどうか、疑ったとする。危急の場合をよそおい、具体例に適用してためしてみようと考えるかもしれない。チロは実際にそうしたのだ。かくれ場に引きこもり、あらかじめプログラムしたロボットにおのれを尋問させた。その結果、きびしい試練に勝てず、極秘情報ばかりか理性まで失ったのだな」

「嘘だ」ダジがあえぐようにいう。「なぜそんな詳細までわかる?」

「ラスとわたしは赤外線シュプーラーでチロの道筋を追った」と、ロイドは説明。「きみが労を惜しまず、チロのたどった道筋にのこる余熱を測定していれば、かれのかくれ場を発見し、ことの経過を再現できただろう。しかし、きみはそれより先に犯人を決めていた。陰謀としか考えられず、真実にはまったく興味を持たなかったのだ。この真相を聞いても、納得したかどうか怪しいもの。だが、いまとなっては、それももう重要なことではない」

ダジ・シャグは肩を落とした。打ちのめされたように見える。

「消えるがいい」と、ロイド。「ジェットに乗り、プロヴコン・ファウストに飛んだな。アトランが報告を待っているだろう。それをどう判断するか知りたいものだが」

フェルマー・ロイドはＮＥＩ工作員といっしょに、スペース＝ジェットを納めてある地下格納庫に行く。スタート後、司令センターにもどり、ラス・ツバイが麻痺からさめるのを待った。

「こんなはずじゃなかったぞ！」テレポーターがとがめるようにいう。「おろか者がわたしを麻痺させる前に、阻止できなかったのか」

「あの男、なにも思考せずに撃ったのでね」と、ロイドは弁解。

ツバイが超能力を完全に使えるまでに回復してから、ふたりはガルブレイス・デイトンのところにテレポーテーションでもどる。第一感情エンジニアはいらいらしながら待っていた。

「首尾は？」と、たずねる。「ダジ・シャグは事故に関する説明を信じたか？」

「完全には納得していないな」と、フェルマー・ロイドが答える。「しかし、チロの診断書を見れば最後の疑念も消えるだろう。偽造とはわからないはず」

「そう願いたいもの。実際にはアラクシオスとマルツァルとゴルガルのしわざだが、それをダジに知られるのはよくない」デイトンはかぶりを振り、両ミュータントを見つめた。「ほんとうのところ、あの三人が結託したとは想像できないのだが。三者はつねに、重要な問題においては対立する意見だから」

「そのとおり」と、ロイドが同意する。「それは思考からもわかる。しかし、この件をポジティヴな面から見るよう試みてはどうかな、ガル。つまり、望みさえすれば、アラスもスプリンガーもアルコン人も協調できるのだと」

「すでに試みている。わたしがこの件を隠蔽したのは、ポジティヴな見方をするため以外のなにものでもない」と、デイトンは嘆息する。「次の話しあいがはじまる時間だ。われわれがＮＥＩ工作員を解放したと告白すれば、交渉はかなりハードなものになるだろう。だが、自信はある。協調について語るための論拠を持っているからな。最後にはそれがものをいう。さ、行こう！」

4

第二派遣団の軽巡は、より早く目的地につくため、迂回コースをとった。

ワリンジャー教授、バルトン・ウィトとタクヴォリアンの二ミュータントが乗るSZ＝2＝K48の目的地は、ブルー族の惑星イルフ。銀河イーストサイドにあり、太陽系から六万七千三百九十九光年はなれている。SZ＝2＝K48の出発点は銀河系の反対側なので、最短コースだと中心をつっきることになる。

銀河中枢部には星々が密集している。したがって、このコースをとるなら、障害物を回避して複雑なジグザグを描きつつ、無数のリニア航程をくりかえさなければならない。しかも、密集する恒星の強力なハイパー放射が航法を困難にする。

この理由から、コースを変更。一回のリニア航程で銀河イーストサイドまでの距離を翔破して空虚空間に進入し、そこからまっすぐ目的地まで飛ぼうと決めた。たしかに迂回ではあるが、銀河中枢部をつっきるよりも二日間節約できる。

ソックター星系は比較的よく知られている。かつてブルー族の最強部族であったガタス人の直接の勢力範囲だ。かれらはモルケックスを独占することにより、ほかのブルー族を凌駕していた。

テラの発見者にちなんで名づけられたソックターは赤色巨星で、十四の惑星を持つ。恒星から見て六番めがイルフで、直径ほぼ一万五千キロメートル、重力一・三G。一日は地球時間で十九・六四時間である。

イルフはこれまでに八回、ブルー族の内戦で大きな戦闘の舞台となった。その結果、〝表面的に破壊された〟ため、荒れはて、一部に放射能汚染がのこる。五百メートルを越える山らしきものはほとんどない。陸や大気と同様に海も汚染され、もはや生命を維持することは不可能。惑星を常時おおっている黒い雲の層は、乱気流を頻繁に起こすだけでなく、酸や放射能をふくむ雨となり、さまざまな死を運んでくる。

ラール人もイルフを死の惑星とみなしていた。まさにそれが、ブルー族の深層地下ブンカーをGAVÖKのために整備した理由である。ここにはブルー族の連絡員と、GAVÖKの主要メンバーではない若干の非ヒューマノイド生物が駐留している。

第二派遣団を銀河イーストサイドに送った時点でペリー・ローダンが知っていたのは、これがすべてだ。それ以外のことは推測となる。GAVÖKを戦力ある組織にしようというペリーの提案に対し、ブルー族はどのように反応するだろうか？　計算者ドブラクの認めたところによれば、テラナーがブルー族と同盟を結ぶチャンスなのだが。アトランとＮＥＩははるか遠くにはなれているし、新人類は自分たちの抱える問題が多すぎてブルー族どころではないから。そのため、ブルー族は自身を銀河系の〝孤独者〟と考えている。

他方、ブルー族のメンタリティはうつり気で、まったく予測ができない。したがって、ローダンはワリンジャーに決まった指針をあたえなかった。教授自身が即席でやるしかないということ。

「最後のリニア航程！」

軽巡は中間空間にもぐり、ソックター星系への最後の三百六十六光年を切りぬける。その前にいくつかの通信を傍受し、分析。特筆すべきものはなく、ブルー諸種族の動向を読みとることはできなかった。

とはいえ、ワリンジャーは失望しない。もともと、センセーショナルな発見はないだろうと考えていた。ラール人がいつ出現するかわからないので、用心深くなっているはずだから。

ここでの重要な出来ごとは、地下においてくりひろげられているのだろう。銀河系のほかのところと同様に。

ワリンジャーは目に見えて神経質になった。ブルー族との出会いを前にして、緊張が高まる。なんといっても、かれらと最後に接触したのはすでに一世紀以上も前のこと。

このあいだに多くの変化が起こったと考えられる。その最たる例がマークスだ。銀河系から完全撤退し、いまは孤立して暮らしている。それに対し、ブルー族はすくなくとも孤立はしていない。

「リニア航程終了まで、あと五分！」

時間が飛ぶようにすぎていく。まるで、モヴェーターのタクヴォリアンが関与しているかのように。リニア航程のためのカウントダウンがはじまり、SZ＝2＝K48はアインシュタイン空間にもどった。

リニア航程が終了して数分後には、無数のデータが軽巡の司令室を飛びかう。SZ＝2＝K48はソックター星系の第十四惑星近傍に出た……砲スタンド要員配置……SVE艦船の探知なし……とりあえず、この情報は安心できる。惑星イルフにコースをとる……探知領域にブルー族の円盤船なし……転子状船三隻が惑星イルフに接近中……

「どういうことだ？」と、ワリンジャーは興奮して叫んだ。

司令室が突然しずかになる。

探知担当者が復唱。

「転子状船三隻が第六惑星に接近飛行中です。長さは四百メートルほど」

「つまり、超重族がGAVÖK基地を発見したということか？」ワリンジャーが失望していう。

「まだわからない」と、タクヴォリアンが応じる。「型どおりの偵察飛行にすぎないかもしれないいし。いずれにせよ、とくに危険はないとみなされている惑星に異常がないかたしかめるため、超重族のパトロール艦が定期的に飛ぶことは考えられる。宇宙空間からの遠距離探知で満足すればいいが……」

「満足しないようだぞ」バルトン・ウィトが探知装置のスクリーンを見ながら、言葉をはさむ。「三隻とも大気圏に進入する」

「くそ」めったにないことだが、ワリンジャーの口から悪態が洩れた。「ブルー族はなぜ、戦闘艦を出さない？　危険を認識しているだろうに」

「自分たちの基地が発見されない自信があるからでは」と、タクヴォリアンが推測。

「それはない」と、ワリンジャー。「この距離からだと、超重族は遊びながらでも基地施設を探知できる。不幸が生じる前にイルフに到着し、超重族の気をそらそう」

すぐさまSZ＝2＝K48はリニア空間にふたたび消え、イルフから百万キロメートルはなれた通常空間に出現。

最初の探知結果に意気消沈させられる。

「惑星表面からはげしいエネルギー放出。GAVÖK基地がある領域で放電が見られます。砲の放電によるものにまちがいありません」

ワリンジャーは両のこぶしを握った。

「ブルー族はなんとおろかなのか」と、吐きだすように、「抵抗もせずに虐殺されてしまうぞ。助けなければ」

＊

イルツェンクは最後まで、転子状船がこんどもむなしく去っていくものと思っていた。三隻がイルフの大気圏に進入して、ようやく悟る。惑星の実体を知られたのだ。裏切りがあったのか？

ブルー族司令官は全部隊に警報を発令。地下ブンカー周囲に配備されている砲座に要員がつき、地上部隊は地表ハッチへとあがっていく。大型戦闘艦七隻の乗員も部署についた。

イルツェンクの発進命令で、荒れはてた岩塊地帯にある大きな格納庫ハッチが開く。最初の円盤船が飛びだし、転子状船の集中砲火をうけた。つづく円盤船六隻も同じ運命をたどる。高度五千メートルまで達した船は皆無。超重族の集中砲火に応戦するチャンスはない。すべてが終わるのに十分とかからなかった。

「瞬時に全船を失ってしまった」イルツェンクはショックをかくしきれない。「もう手の打ちようがない。超重族に虐殺されるがままだ。イプセディ！」

司令官代行が急いでくる。

「イプセディ、どうしたらいいかわからない」と、イルツェンクは告白。「提案は？」

イプセディは司令官に無言でブラスターを手わたす。イルツェンクはそれをうけとると代行の幸運を祈り、自室にもどった。イプセディは監視カメラのスイッチをいれ、司令官がブラスターを皿状の頭部にあてて引き金をひくのを平然と見る。

これで自動的にイプセディに指揮権がうつった。

「地上部隊を投入する」と、新司令官は将校たちに言明。「超重族は惑星全体を潰滅させるか、あるいは基地を征服するために兵を送りこんでくるだろう。前者の場合、われわれにチャンスはない。したがって、後者にそなえる」

地上部隊は地表にくりだし、奇妙な風景のなかに分散した。エナメルを塗ったような平地に、無数のクレーターや鋭い亀裂、巨大な火山岩滓を思わせる隆起した岩塊がある。

暴風で厚い雲に裂けめができ、転子状船三隻が確認できた。すでに肉眼で見えるほど迫っている。しかし、雲をつきぬけ飛んでくるビームが発射された地点までさかのぼれば、その位置を正確に見積もれるということ。

超重族はビーム砲の火力で文字どおり惑星全域をおおう。さらに毒ガス爆弾を投下し、狙った砲台を確実にめざす宙雷を発射。

この致命的なカオスのなか、ブルー族の地上部隊は分散していたし、敵の攻撃がテクノロジー施設と軍事施設に限定されたため、被害は比較的すくない。超重族は火力と毒ガス汚染により兵を封じこめられると思いこんでいた。イルフの地表ではもともと防護服なしに行動できないほど大気が汚染されていることを、考慮しなかったのだろう。

やがて、超重族が軍隊を着陸させようとしているのがわかる。深層地下ブンカーを征服するにはそうする必要があると知っているわけだ。非常に事情に通じている……

イプセディはこの段階まで、地表のようすをスクリーンで追っていた。そのとき、観察システムが崩壊。超重族が砲火をやめたと報告がある。

新司令官は部下の将校ともども装甲車輛に乗りこみ、地表に向かった。そこで目にしたのは、超重族の陸戦隊が披露する壮大な光景である。

淡いグリーンに輝く数千の点が、雨のように雲から滴り落ちてきた。無から生じたように見えた点が急速に大きくなる。最後の集中砲火で消えるものも、ブルー族兵士に撃たれて防御バリアが怒ったように燃えあがるものもあった。しかし、ほとんどは無事に地上に到達。ここからは白兵戦だ。

ブルー族一万名が超重族五千名に対峙する。重戦闘服で身をかためた者たちは恐怖におののいた。相手は幅と身長が同じ生物で、殺戮目的でのみ生物学的に培養された戦闘マシンのようなものだから。ブルー族が即席でつくった陣地はかんたんに踏みにじられる。かなり大きな部隊も包囲され、殲滅《せんめつ》された。

超重族の一突撃隊がすでに深層地下ブンカーへの入口ひとつを制圧。その領域にいる部下を孤立させるとわかっていながら、イプセディは爆破を命じた。敵ひとりの死にはブルー族十名以上の価値がある。なにより、深層地下ブンカーを守らなければならない。イルフはブルー族の重要な基地ではないが、GAVÖKのコンタクト惑星だ。この基地が陥落するとなれば、ブルー族は連合での面目を失うことになる。

イプセディは最後の予備軍を戦闘に投入した。非ヒューマノイド系諸種族で構成された精鋭部隊で、施設内での戦いのために訓練された千名からなる。

この部隊で地上戦を戦うよりほかに方策がない。イプセディは超重族の側面をつこうと、部隊を四つのコマンドに分けた。

精鋭部隊は当初、驚くべき成果をあげる。しかし、超重族はそれを克服し、連合諸種族の兵士を後退させはじめた。

イプセディはさらなるハッチの爆破を決意。ほかのハッチはぎりぎりで閉じ、エネルギー性バリアで防護することができた。最後に開いたままだったのは、イプセディが司令本部を設置しているハッチだ。ここも、もう長く持ちこたえられない。超重族がとどまることなく迫ってくる。

「外世界への道が遮断されたら、終わりだ」イプセディは打ちのめされたようにいう。

絶望的状況を眼前にして、各部隊に撤退を命ずるほかない。おのれにも前任者と同じ道がのこされているのみ。

「ツィスネクツ、きみの武器を」と、代行にいう。

代行は思いとどまらせるようなそぶりも見せず、武器を手わたした。ブルー族は、ひとつの死がふたつの新しい生をもたらすという独自の人生哲学を持つ。したがって、遺族にとり、自殺はよろこばしいことなのだ。

イプセディが武器を口にくわえようとした、まさにそのとき、予期せぬ出来ごとが起きる。

大爆発が雲の層を切りさいた。つづいて、もう一度。数秒間で、惑星の大気圏にちいさな恒星がふたつ生まれたようになる。とてつもない爆風が生じ、超重族もブルー族も戦場から一掃された。イプセディは壁に投げつけられ、手から武器がふっとぶ。まだ完全に朦朧《もうろう》としているところへ、ツィスネクツが報告。

「転子状船三隻のうち二隻が爆発し、こなごなになりました。のこったのは一隻のみ。さらに、超重族の陸戦隊は爆風で数百名にまで激減しています」

「ひきつづき、わたしが指揮をとる」と、イプセディは宣言した。

＊

「軽率なやつらだ。宇宙空間に背面援護の船をのこしていないとは」と、ワリンジャー。

軽巡は制動噴射しながらイルフの大気圏に突入する。「これで超重族を追いつめた。トランスフォーム砲で全滅させるのはたやすい」

「全滅させるのは賢明ではない、ジェフリー」バルトン・ウィトが考えをめぐらせながらいう。テレキネスも馬ミュータントも戦闘服を着用していた。ふたりとも、超能力でブルー族を支援すると志願したのだ。

「バルトンのいうとおり」と、タクヴォリアンが同意。「超重族に逃走の可能性をのこしておくべきだ」

「ふたりとも、どうしたというのだ？」と、ワリンジャーがいぶかしげに、「最後の一隻まで攻撃しなければ、超重族がわれわれに遺恨をのこすことになる」

「問題はそこではない」バルトン・ウィトがきっぱりという。「撤退の可能性がないとなったら、地上部隊はどうなる？　三隻とも破壊されれば、地上にのこされた超重族は死にものぐるいで戦うにちがいない。そういう状況でかれらがどう行動するか、知っているはず。勝者も敗者も存在しなくなるのだ。なぜなら、超重族は……」

「そうか、わかった」と、ワリンジャーは話をさえぎり、「そのことに思いいたらなかった」

軽巡は転子状船三隻めがけて突進した。火器管制将校が発射命令を出す。トランスフォーム砲が目標の二隻めがけて核融合爆弾を発射。予想外の攻撃だったので、超重族は防御を考えていなかった。警告システムのスイッチは自動的にはいったものの、爆弾が目標に正確に命中したため、その根本的破壊力により防御バリアが崩壊する。両船はあいついで爆発した。核の小太陽ふたつが消えると、両ミュータントは搭載艇に乗り、戦場のまっただなかに降下する。

「少数ながら、超重族はブルー族が対等に太刀打ちできない力を持っているぞ」と、バルトン・ウィトがあたりを一瞥《いちべつ》して、「やつら、まだ深層地下ブンカーに突入していないようだ。基地を救うチャンスはある」

「では、戦いの渦中に飛びこむとしよう」ケンタウルスが速歩で駆けだした。バルトン・ウィトはパルセーターでその上方を飛ぶ。

ふたりはこうして前線の背後に接近。ブルー族数百名と他種族からなる部隊を超重族五十名が追いたてている。発砲しようとしたところを発見されたが、超重族は明らかに背後の敵を過小評価したらしい。方向転換して向かってきたのは四名だけ。

バルトン・ウィトにとり、テレキネシスで四名を同時に武装解除し、麻痺させるのはたやすい。超重族はようやく、相手が真剣に対峙すべき敵であると気づいたようだ。十名からなる小隊がミュータントに突撃する。おかげでブルー族とその連合部隊はひと息いれることができ、すこし優位に立った。

バルトン・ウィトはあらたな相手にも同様のやり方をした。武装解除された超重族がタクヴォリアンの視界にはいる。モヴェーターはかれらをゆっくりと進む時間フィールドにうつした。バルトン・ウィトは動きが鈍くなった兵士をなんなく排除。

これでブルー族と超重族との戦いは互角になる。そこに両ミュータントが介入したため、超重族は逃げだすしかなかった。

ブルー族兵士はバルトン・ウィトとタクヴォリアンを盟友としてうけいれた。ひとりの下級将校がたずねる。

「NEIがあなたがたを援軍として派遣したのですか？」

「いや、違う」と、バルトン・ウィトは答え、「われわれ、ペリー・ローダンに派遣された。ブルー族と非ヒューマノイド諸種族すべてにテラナーの支援を提供するために」

それ以上いう必要はない。ブルー族兵士がこの知らせを上官に伝えるはずだから。

＊

転子状船二隻が破壊されて球型艦が出現しても、最初のうち、超重族の戦闘力は低下しなかった。自分の部隊が撃退され、ちいさな戦闘で消耗していくのを、イプセディは装甲車輛から眺めるだけ。心が痛むが、戦死者に対する同情からではない。死はブルー族が知るもっとも確実な人口過剰抑制の方法だから。もし同情しているとすれば、おのれに対してだ。外部からの助けがあったにもかかわらず、基地を守れそうもない。奇蹟でも起きないかぎり、自分の名前は歴史にのこらないだろう。

しかし、奇蹟は起きた！

一戦闘区域で超重族の前進が止まる。イプセディは画像を拡大して観察。そこではブルー族がもはや後退せず、攻撃に転じていた。超重族はほとんど抵抗しない。まるで見えない力が働いているかのように、敵の手から武器がもぎとられていく。そのようすを、イプセディは啞然として見た。超重族がなすすべもなく攻撃にさらされる。数名は大きなこぶしで戦いつづけようとするが、いきなり動かなくなる者、麻痺したように動きが遅くなる者が続出。

イプセディはそのとき、ふたつの姿を発見した。超重族の背後に降り、無敵の部隊にぶつかっていく。

ひとつは人間の姿のようだが……やはり、そうだ！　もうひとつは四本脚で駆ける動物に見える。しかし、長く伸びた上体に〝衣装〟を身につけている！　しかも、戦闘服だ。知的生物にちがいない。

イプセディはただちに正しい結論を導きだした。すくなくとも、一点においては。

「両者ともミュータントにちがいない」と、口にする。「ＮＥＩが派遣したのだろう。われわれの盟友だ」

「通信連絡がはいりました。たしかにミュータントです」と、ツィスネクツ。「しかし、ＮＥＩではなく、ペリー・ローダンに派遣されたとか」

「ローダン？」興奮のあまり、声が超可聴音域に滑りこむ。

かつての太陽系帝国大執政官が帰還したという噂は、もちろんイプセディも耳にしていた。数日前、NEI工作員がイルフを訪れたのもそのためだ。テラの帰還者とブルー族が接触しないよう、警告しにきたのである。ペリー・ローダンとの接触を拒むこと、NEIとの連絡なしにいかなる行動もしないことを、約束させられた。

だが、約束したのはイルツェンクであり、自分は拘束されない。イルツェンクの遺産は、その地位以外なにも継承しないつもりだ。そもそも、ペリー・ローダンのミュータントの援助を拒否するなどできるはずがない。両ミュータントがいなかったら、超重族が勝利したはず……

イプセディはそのように考えながら戦いの経過を追った。

やがて、超重族の敗北が濃厚になる。無敵の戦士たちに奇妙なことが起こった。突如として戦う情熱を失ったように見える。もはや疾駆する爆弾ではなく、スローモーションのようにのろのろと動いていた。武器をかまえる前に、ブルー族から集中攻撃を浴びせられる。

戦闘服の防御バリアのスイッチをいきなり切る者まで出た！　ヒュプノにつかまったのか？　ミュータントの暗示かもしれない。あるいはテレキネスがスイッチを切ったのか？　そうにちがいない。はなれたところから敵を武装解除する超能力を持つのは、テレキネスのような者だけだ。

超重族が逃走をはじめた！　必死で駆けていく。ブルー族があとを追う。

転子状船が雲をぬけて降下し、着陸。イプセディは部下を呼びもどす。まさにちょうどいいタイミングだった。転子状船が地上部隊のための援護射撃をはじめたから。

生きのこった超重族は宇宙船にたどりつき、なかに消えた。すぐに転子状船がスタート。地上防衛武器はすべて破壊されたため、イプセディは船の逃走を阻止できない。その結果、どうなるのだろう。超重族はイルフ潰滅を目標に、援軍をしたがえてもどってくるのか……

イプセディは装甲車輛から降りる。両ミュータントがやってきた。

「ローダンの使節ですな？」イプセディが訛りの強いインターコスモでたずねる。「あなたがたはほんとうに、テラ時間で百二十年前、地球とともに消えたテラナーなのですか？」

バルトン・ウィトはヘルメットの透明ヴァイザーごしにほほえんだ。

「テラナーはわたし、バルトン・ウィトだけ」と、テレキネスが説明。「タクヴォリアンはケンタウルスだ。地球が銀河系から消えたときは、たしかにそこにいたがね。われわれ、ペリー・ローダンの派遣使節だ」

「いずれにせよ、歓迎します」イプセディはそういいながら、バルトン・ウィトの戦闘服にくまなく目をはしらせ、「トランスレーターをお持ちでは？　インターコスモで正確に表現するのがわたしには厄介なもので」

　バルトン・ウィトは笑った。手振りをしてふたたびしゃべると、戦闘服の外側スピーカーからの声が違った響き方をした。ぴいぴいとさえずるような声のほとんどは、人間の可聴域を超えるもの。イプセディは安堵した。バルトン・ウィトがトランスレーターのスイッチをいれたのである。

「ブルー族を援助する絶好のときにこられてうれしい」と、バルトン・ウィトがイプセディの母語で、「テラナーはいまもブルー諸種族との団結を感じている。それを、これ以上ないやり方でしめすことができたのではないか」

「いかにも。しかし、まだ危険が去ったわけではありません」と、イプセディ。そのとき、雲のはるか上方で爆発の大音響がして、話がさえぎられた。非常にはなれていたので光は見えないし、爆風が雲の層を揺らすこともなかったが。

「これで危険は去った」タクヴォリアンが同じくブルー族の言葉でいう。それから、バルトン・ウィトに向きなおり、「ジェフリー・ワリンジャーのことだ、超重族に降伏のチャンスをあたえたはず。しかし、かれらがその申し出をうけなかったのだろう」

「いま、ジェフリー・ワリンジャーといいましたか？」と、イプセディが驚く。「あの、ハイパー物理学者の？　われわれ、テラナーから天才的発明をいくつかうけとりましたが、その生みの親であるワリンジャー教授で？　かれの名前はわれわれの伝説になっています」

「すぐにも宇宙船で着陸するだろう」と、バルトン・ウィト。

テレキネスはタクヴォリアンに目くばせした。ペリー・ローダンはもっとも適切な使節をブルー族に送ったわけだ。ハイパー物理学者は銀河イーストサイド諸種族にとり、ローダンその人以上に人気があるのかもしれない……

いずれにせよ、交渉の出発点としてはまさに好都合である。もちろん、介入によりGAVÖK基地が全滅から救われた点がもっとも肝要だが。そう考えると、超重族が親切にもタイミングよく攻撃したといえなくもない。

いま重要なのは、ブルー族に確信させること……ペリー・ローダンこそ、GAVÖKを攻撃力のある力強い組織にするにふさわしい男だと。

バルトン・ウィトには自信がある。

十五分後、軽巡が着陸。まず最初に正装したワリンジャー教授が、十二名の宙航士をしたがえてエアロックからあらわれた。

交渉が開始される。

5

ガイア、ソル・タウン。

プロヴが夕空に輝くなか、陰鬱な雲が次々と首都の上空を流れる。ダジ・シャグの視線は何度も、全周ウインドーの向こうに見える大きな赤い球体のほうにそれた。プロヴには汚れがない。だが、ダジの頭のなかは黒い雲がただよう。

二日前にはサーフォンにいた。まだ二日しかたっていないとは！　冒険を覚悟して大あわてで逃げ、仲介者とコンタクトし、大型の船に乗りかえ、プロヴコン・ファウストへと飛んだ……そしていま、ダジ・シャグはソル・タウンの統治権者の執務室にいる。アトランやジュリアン・ティフラーに文書で報告しただけでなく、口頭で個人的な印象を伝えた。サーフォンをあわてて逃げだしたことが正しかったかどうか一抹の疑念を抱いている。状況によっては通信連絡で知らせることもできたのだが……

「同僚ともどもサーフォンを立ちさった行動は正しい、シャグ」と、アトランがいいきった。「思慮深い行動に感謝する」

ダジは緊張し、

「感謝に値するかどうかわかりません、統治権者。ミュータントふたりの介入なしにはありえなかったことでして。わたしは……不意をつかれた恰好で」

「ミュータントに出しぬかれたという感じはわかる」と、ジュリアン・ティフラー。「わたし自身、ある旧ミュータントの意識をひきうけたとき、よくそう感じたもの」

アトランはティフラーを見つめ、問いかけるように眉をつりあげる。おい、ティフ、いいすぎではないか……そういいたげに。

「この件でそれ以上頭を悩ませるな、シャグ」と、アトラン。「しばらくスイッチを切り、家族や友と数週間の休暇をとるといい」

ダジ・シャグは目をまるくし、自信なさそうにまばたきする。

「もう在外勤務はないという意味でしょうか？」

「まずは休暇をとるのだ。これは命令だぞ！」アトランは言葉の鋭さをやわらげようとほほえんだ。

「わかりました、統治権者」ダジは唾をのみこむと、「ひとつ質問してもいいでしょうか？　チロがどうなったかご存じで？」

アトランはティフラーに目をやる。ティフラーがかぶりを振った。

「ローズィーはこのことを知っていますか？」と、ダジ。

「だれかね、それは？」アトランが聞きかえす。

「チロの妻です……正式な関係ではありませんが、ふたりは結婚していたも同じでした」

「その女性を知っているのか？　では、気にかけてもらいたい」と、アトラン。「以上だ、シャグ。休暇を楽しむように」

アトランはダジ・シャグと握手をした。ジュリアン・ティフラーは外までつきそっていったあと、部屋にもどり、

「チロの携えた診断書が捏造《ねつぞう》であったと、なぜいわなかったのです？　真実に耐えられそうもないから？」

「そういうことだ」アトランは窓から遠くを眺めていた。その声は、心ここにあらずといった感じである。さらにつづけて、「GAVÖKメンバーが親友を精神錯乱へと追いやった事実は、シャグには克服できまい。本人は個人的な感情と仕事を切りはなせると思っているようだが、ラスとフェルマーはそうではないと正確に認識したのだな。繊細な勘をはたらかせ、政治的時限爆弾の点火装置をはずしたわけだ。われわれの考えも同じ……シャグは私生活にもどすのがいちばんいい」

「それに関し、ほかにいうことはないですか？」

「シャグに関してか？」

「いえ、ペリーの巧妙なやり方に関して」

「うまいものだ！」アトランは唇に力をこめ、「とうに予想していたがな、ティフ。だからこそ、GAVÖKの全NEI工作員に警告したのだ。ペリーが早晩GAVÖKに手をつけるにちがいないと。ペリーはGAVÖKの基盤がいかに弱いか知っている。まずはスプリンガー、アルコン人、アラスと交渉するだろう。シャグの報告から推測すれば、ペリーはすでに半分を手にいれた……推測だが。ブルー族も、光り輝くわれらが英雄を両手をひろげて迎えるのではないか」

「皮肉たっぷりですな」と、ティフラーが非難する。

「理由があってのこと」アトランは憮然として、部屋を歩きまわった。「ペリーは楽だ。いわば、温かい巣にすわりさえすればいいのだからな。あちこち旅してまわり、約束するだけで、すべての者が吟味もせずに信頼をよせ、危機にあらわれた救済者として無分別にしがみつく！」

「われわれ、ブルー族をなおざりにしすぎました」と、ティフラーが考えをめぐらせる。

「GAVÖKを一年以内に強化することもできなかった。怠慢を問われるかと」

「たしかに、ブルー族をなおざりにしてきた。怠慢だと陰口をたたかれているとおりだ！」アトランが興奮して叫ぶ。「だが、これ以上よくすることはペリーにもできなかったはず」

「証明はできません。わたし自身はもちろん、あなたと同意見ですが」と、ティフラー。

「ともあれ、それを銀河系諸種族にはっきりさせるべきでは。かれら、ペリーがいなくなったことは非難していません。むしろ、失点がないから貸借表では借りになるわけで。パラドックスですが、真実です。ペリーはたしかに楽ですな」

「しかし、このままにはしておかない。戦わずしてGAVÖKをペリーに手わたすつもりはないからな。チャンスは目下のところ、すくなくとも同等だ」

「ひとつ不思議なことが」と、ティフラーが額にしわをよせる。「ローダンはなぜ、もっとも強力なグループ……アコン人や環境適応人に、これまでまだ使節を送っていないのでしょう？」

「偉大なるマイスターみずから、ひきうけるつもりなのだろうよ」と、アトランが嫌みたっぷりにいう。「そこに、われわれが介入する。ペリーの計画をつぶすのだ。さ、ティフ、ただちに準備にかかろう」

ジュリアン・ティフラーにとり、アトランの決定は唐突だった。

「なにをするつもりです、アトラン？」

「プロヴコン・ファウストをはなれる」

「こんなに急に？　なんの目的で？」

アトランは肩をすくめ、

「臨機応変にやらねば。だが、それを察知されないようにするのは、いっそうむずかしい。たったいま、アコン人や環境適応人について話したな。ペリーを出しぬこうじゃないか」

＊

アトランとティフラーが行くとあらかじめ知らせておいたので、準備はすべてととのっていた。医療チームはすでに、赤い非常灯がついただけの暗い部屋で待っている。女性看護師ふたりがそれぞれの袖を肘までまくりあげる。

ＮＥＩでもっとも力を持つ男がふたり、隣りあって治療シートにすわった。

「おおげさすぎないか？」と、ティフラーが冗談めかして、「生命の危険がある手術の準備みたいだ」

「そうだとしたら？」と、一方がいう。

「どういうことかな」

「この区域にくる人はだれもが、危険な任務を負っています」と、もう一方。

アトランが苦々しい笑みをうかべる。

「通常はそうかもしれないが、われわれの場合は違う。宇宙でもっとも抜け目ない連中との力比べにそなえるだけだ。神経は消耗するだろうが、生命の危険などない」

「液体PEWはどこにあるのだ？」と、ティフラーが性急にたずねる。

「ここにあります」

蓋が開くと、力場フィールド上に六十センチメートルの立方体がふたつ浮かんでいた。上面をのぞき、すべての面はたいらで継ぎめが見えない。上面だけは円錐型の飾りのようなものがつきでており、そこに測定機や制御装置などがはいっている。この立方体はマイクロ・ジェネレーターにより作動するエネルギー保存容器で、耐放射性のエネルギー・フィールドを生みだす。なかに、液体PEW金属十ミリリットルいりのメタルアンプルが保存されていた。マイクロ・ジェネレーターが作動するかぎり、液体PEWは変化しない。容器を開けると消滅放射がはじまり、三分間で有効性が失われる。そのあいだに注入する必要があった。人間の体内にはいれば、個体放射により最終的に安定する。

医療チームはすばやく動いた。エネルギー保存容器を開け、メタルアンプルを切り、注射針に接続し、アトランとティフラーに注入するという作業の流れである。

「終わりました」と、チーム・リーダー。「原料が分解されてPEW効果に移行するまで、すくなくとも六時間かかります。実際の効果があらわれるまでは旧ミュータントの意識をひきうけてはいけません。旧ミュータントにとり、致命的ですから」

「ほかにまだなにかあるのか？」アトランが皮肉をいう。「人生修行に終わりなし、だ」

「注意喚起はわたしの義務ですから、統治権者」と、チーム・リーダーが弁明。

ティフラーはその肩をなだめるようにたたき、

「統治権者はトレーニングしているのさ……メールストロームからきた〝もぐりの弁護士〟との対決にそなえて」

アトランはこの冗談を無視した。

テレカムまで行くと、緊急用の周波数にセットする。PEWブロック経由で、旧ミュータントを目ざめさせる部署に接続。

「テレポーターのタコ・カクタと暗示能力者のキタイ・イシバシを呼びだす準備をしておくように」と、命じた。

医療チームをかえりみることなく、アトランは部屋を出た。ジュリアン・ティフラーもあとを追う。チーム・リーダーが声をかけ、

「六時間後に効果テストにくるのを忘れないでください」

「こちらから出むけということか」と、ティフラーが不平をいう。

女性看護師のひとりが首を振り、

「高官の方々、きょうは不機嫌ですね」

そのとおりだ。最初はアトランだけだったが、いまはティフラーにもかれの不機嫌が

伝染したかのようだった。

将校たちもそれを感じとり、連鎖反応の法則にしたがって、さらに部下にあたるようになる。

アトランとティフラーは迅速にスタートできるよう、すべてを準備した。旧ミュータントふたりの意識をうけいれたら、ただちに出発するのだ。アトランはスピードアップのため、超弩級戦艦《クセルクセス》をおさえた。《クセルクセス》はちょうどほかの任務でプロヴコン・ファウストをはなれようとしていたので、数名を旗艦の乗員と交替させるだけですむ。なにより重要なのは、すでに真空案内人が乗艦していたこと。これで暗黒星雲の乱流からなるエネルギー街道を安全に操縦できる。

あいまにアトランとティフラーは銀河系の最新報告をチェック。GAVÖKに関し、ペリー・ローダンのあらたな活動を示唆するものはない。友を出しぬけるかもしれない、と、アトランは期待した。

ようやく待ち時間がすぎた。医師がやってきて実際の効果を確認。PEW金属が循環系において完全に有効であるとわかる。

アトランとティフラーは旧ミュータントのPEWブロックを訪れ、タコ・カクタとキタイ・イシバシの意識をうけいれた。アトランがテレポーター、ジュリアン・ティフラーが暗示能力者である。

〈どうしたのです?〉と、タコ・カクタが問う。

アトランはおのれの精神を開き、旧ミュータント自身が情報を得られるようにした。「これはなんと!」テレポーターはアトランの口を借りて叫んだ。「とんでもないことになりそうだ」

ティフラーは驚いてアトランを見つめたが、すぐに理解し、にやりとする。「キタイはこの出動にあまり感激していないようです」と、ティフラー。「思い悩んでいますよ。われわれふたりのうち、〝もぐりの弁護士〟の名称がふさわしいのはどちらか、と」

「惑星トマス・オルメンスに行けばわかる」と、アトランが憮然としていう。「つまり、そこがわれわれの目的地だ」

6

サメラウドでの出迎えは友好的とはいいがたいものだった。ダボラ星系はかつてのダブリファ帝国の植民地である。軽巡が進入飛行してもなにも起こらず、ラール人のSVE艦も超重族の転子状船も探知しない。二惑星しかない星系では通信連絡もかわされておらず、死にたえたように見える。ペリー・ローダンの知るところによれば、第二惑星のサメラウドはGAVÖKの拠点であり、環境適応人がNEI工作員と会うコンタクト惑星のはずだが。

ローダンは第二惑星への進入飛行のさい、通常通信で使用する全周波をもちいて情報リールのメッセージを送った。平和的意図でGAVÖKと交渉するつもりだとわからせるために。

しかし、なんの反応もない。まるで、聞いていないかのようだ。

SZ＝2＝K49は惑星を数回めぐり、軌道に乗る。ローダンは通信を送りつづけると同時に、着陸許可も要請。ようやく返答があったのは十二時間後である。

それからの動きは早かった。まず、通信で降伏が要求される。突然、軽巡のまわりを極小のアステロイド数ダースが漂いはじめた。最大でも直径十メートルほど。ちいさいため、包囲されてようやく探知が可能になった。

偽装したシガ星人の宇宙船と判明した直後、要請がある。搭載艇エアロックを開け、シガ艦隊をうけいれろというのだ。

ローダンはしたがった。シガ星人の〝アステロイド船〟が収容されるとすぐ、ちいさな環境適応人の大群がくりだしてきて、軽巡の全ステーションを占領。乗員六十名それぞれに、シガ星人二ダースが襲いかかる。ローダンは降伏した。戦わずして負けを認めるのは軽率だという艦長の非難には耳を貸さずに。

シガ星人は北半球の山峡に宇宙船を着陸させ、乗員を下船させた。ただちにエルトルス人があらわれ、ローダンと部下たちを惑星地下ステーションに連行する。どう見ても収容施設にしか見えないが。

ローダンとふたりのミュータント、グッキーとメルコシュは、ほかの乗員たちから隔離され、別の部屋に入れられた。なんの説明もない。ローダンも質問する気はないようだ。

あつかいは悪くなかった。軍の基地も研究施設もきわだって贅沢なものではないが、できる範囲でテラナー使節に不足のないよう配慮されている。ローダン自身、それを確認した。

「これからどうします？」三人だけになると、ガラス男が、「われわれ、環境適応人の捕虜になってしまった。すべての運命はかれらの手のなかです。いったい、だれのせいでしょう？」

そういいながら、暗緑色の大きな目でグッキーをにらみつけ、長い鼻のような口をとがらせた。〝悪しき声〟でネズミ＝ビーバーをかたづけたいかのように。

「ぼかあ、シガ星人の思考から敵意を読みとれなかったんだよね」と、グッキーが答える。「安全のためにわれわれを拘置したんだ。断言してもいいよ。考えられるかぎりの予期せぬ出来ごとに対し、身を守ろうとしてるだけさ。環境適応人を責めらんないよ。それに、ぼくらの状況、そんなに悪くないじゃないか」

「われわれ、捕虜になったのだ。環境適応人の恣意《しい》にゆだねられているんだぞ」メルコシュがいいはる。

ペリー・ローダンは宿舎のなかを見まわした。種々のテクノロジー装備が設置された部屋のほか、人間にふさわしくととのえられた寝室が三つある。自分たちをしばらくここにとどめておくつもりだと示唆しているようだ。しかし、なんであれ環境適応人と話をする前に判断するつもりはない。

部屋にエネルギー・バリアがはられていないのを確認し、ほっとする。外に出ようとすると、ドアはなんなく開いた。外には安全装置をはずしたショック・ブラスターを持つエプサル人がひとりだけ立ち、正方形のからだでドアをふさいでいる。誤解のしようがない身振りで、捕虜を宿舎にもどらせた。

「身を守ろうとしている、というグッキーの言葉は当を得ていたな」と、ローダン。

「メルコシュ、こんな壁、周波転換能力を一回使えば吹きとばせるだろう。グッキーがわれわれを連れて船にテレポーテーションするのに、妨げとなる設備もないのだぞ」

「これはぜんぶショーにすぎないよ。ぼくがずっといってたんだろう」と、グッキーが説明する。「ここにはなにも恐れるものはないんだ……ちょっと待ってて。すぐもどってくるから」

ネズミ゠ビーバーは非実体化し、ほどなくまたあらわれる。問いかけるように見つめるローダンとメルコシュに、

「乗員たちが脱走を考えてるとわかったから、やめるようアドバイスしにいってきた。そんなことされたら、めんどうになるだけだからね」

「すでに充分めんどうな状況だと思うが」と、メルコシュ。「まるで、なにもかもが完璧に正常で、環境適応人が好意的であるかのようにふるまっているがね。もしかれらの意図が平和的なら、なぜ、われわれを捕虜のようにあつかうのか」

「あんたは思考を読むことができないから、わかんないんだよ」と、グッキー。「ぼく

の判断を信頼してよ。環境適応人を恐れる必要なんてなにもない」

「それならなぜ、われわれをあれほど非友好的に迎えたんだ？」と、メルコシュ。

「そのうちわかるさ」グッキーははぐらかし、頭をすこしかしげた。通常の知覚範囲外にある遠くの出来ごとに意識を集中しているか、あるいは未知の思考に聞き耳をたてているかのように見える。

「ほらね」と、ようやくいった。「環境適応人たち、みずからの問題を解決して、ここにくるよ」

すぐにドアが開いた。まずあらわれたのは、身長二・六メートル、肩幅二メートルの巨大なエルトルス人。シンプルなコンビネーションの左胸にさまざまな記章や勲章を飾っている。砂色の頭髪は伝統的な三日月型の髷《まげ》でなく、ラール人のような鳥の巣状だ。

そのあとに、身長一・七メートル、肩幅二メートルのエプサル人がつづく。左肩にシガ星人がすわっていた。一瞥すると裸のようだが、よく見ると、肌の色と同じ薄グリーンのコンビネーションを着用している。

エプサル人とエルトルス人がローダンとミュータントふたりの向かい側に立ち、うやうやしくお辞儀をした。あやうく、シガ星人がエプサル人の肩から落ちそうになる。グッキーがすばやく反応し、テレキネシスで支えたからよかったが。

「ありがとう」シガ星人の声が聞こえる。その朗々たる声量は、まちがいなく内蔵増幅機のおかげだ。「もちろん、あなたがたがミュータントだということはすぐにわかりました。にもかかわらず、なんなく脱出できる部屋にいれたのは、それによりこちらの共感をしめせると思ったからでして。われわれ、NEI工作員のせいで望むようにできなかったのです。しかし、もうかれらを振りはらったので、体裁を繕う必要はありません」

「なんで捕虜みたいなあつかいをされたか、これでわかったろう、メルコシュ？」と、グッキーが周波転換人間に向きなおる。

「わたしをどれだけおろかだと思っているんだ」メルコシュが憮然として答える。

「うん、そうだな……」

「やめるんだ」ローダンは両ミュータントを叱った。「たわいもない喧嘩より重要なことがあるのだぞ」

「ええ、時間がありません」と、エルトルス人が同意。「NEI工作員がサメラウドにもどる前に、交渉を終えなければなりませんから」

＊

ペリー・ローダンは狼狽した。これほどかくしだてのない話しあいの場が用意されていたとは。こちらが水を向ける前に、相手のほうからその話題を持ちだしたのには、とりわけ驚いた。通信連絡では用心してほのめかす程度の来訪理由にとどめ、具体的にはなにもいわなかったのだが。エプサル人、エルトルス人、シガ星人は、こちらの望みをわかっているように思える。

「あなたをずっと待っていたのです」と、シガ星人が説明した。名はデイヴィッド・ディストゥラー、愛称ミニ・デイヴィッドという。「統治権者アトランみずから、われわれにその準備をさせました。つまり、NEI工作員をGAVÖKの全コンタクト惑星に派遣し、あなたに用心しろとメンバー種族に警告させたのです、大執政官ローダン。アトランの予想では、あなたがGAVÖKを自分の側につけようとするだろうと。しかし、かれの啓蒙キャンペーンは、ここではむしろ逆効果でした。わたしの同僚は、エルトルス人エタク・コルビスと、部下のエプサル人外交官スペトックですが、われわれ、あなたにきていただけるとは思ってもいなかったのです。どのような提案があるのか、おおいに期待しています、大執政官ローダン」

「もう長らく大執政官ではないが」と、ローダン。「太陽系帝国はもはや存在しないから。しかし、地球とテラナーはいまも存在している。テラが宇宙の深淵に押し流されたとはいえ、テラナーはいまも銀河系を故郷とみなしている。われわれテラナーは銀河系諸種族に失われた自由をとりもどすために、全力を投入するつもりだ」

「全員、そう望んでいますが、望むだけでは不充分でして」と、エプサル人のスペトック。「ミニ・デイヴィッドがいったように、われわれ、あなたに大きな期待をよせています、ローダン。しかし、美しい言葉だけでは役にたちません。GAVÖKの設立会議のさい、言葉ならアトランからたっぷり聞かされましたが、なんの果実も実ってはいませんから」

「わたしがもっともやりたいのは、語ることではなく、ただちに行動すること」と、ローダンが答える。「それにはまず、GAVÖKの支援をとりつけたい」

「GAVÖKが味方につけば、どのように行動するつもりですか、ローダン？」エルトルス人のエタク・コルビスが聞いた。

ローダンはエルトルス人の髪型を観察。かれはそれに気づき、あわてたように鳥の巣状の頭をなで、

「このヘアスタイルを間違って解釈しないようお願いします」と、いいそえる。「恥じてはいるのですが。わたしはGAVÖKの仕事においてラール人と関わることが多く、つまり、こうすれば印象が……」

「けっこう」と、ローダンはさえぎり、環境適応人たちを順番に見て、「ラール人を負かす具体的な計画があるのだ。第一段階はすでにはじまっているが、次の段階でGAVÖKの介入も考慮にいれてある。銀河系諸種族が協力して連合をかたちづくることに成功すれば、銀河系は遅くとも八十年後には自由になる。これはたんなる理論ではな

い」
「魅力あふれる数字だ！」ミニ・デイヴィッドが叫ぶ。
「たしかに魅力あふれる数字だが、不可能でしょう」と、スペトック。「八百年という
アトランの計画のほうが現実的です」
「アトランにはない見こみがあるのでね」ローダンは主張し、ケロスカーのことを頭に
うかべた。ケロスカーが練りあげたいつわりの戦略により、ラール人はいわばみずから
破滅することになるのだ。
「八十年とは……夢物語だ！」と、エルトルスス人のエタク・コルビス。その目が奇妙な
輝きをおびる。「おわかりでしょうが、ローダン。われわれ、そのような主張をかんた
んに信じることはできません。論拠となる資料を見せていただかないと」
「明確な約束もなしに、持ち札をテーブルにおくことはできない」と、ローダン。「そ
れは理解してもらわなければ」
「わかりました」と、ミニ・デイヴィッド。「あなたの計画が約束どおりのものなら、
われわれシガ星人、エルトルス人、エプサル人はうしろ盾になりましょう。成功の保証
はもとめません。現実的ではありませんからね。しかし、すくなくとも、成功する可能
性はほしいもの」
「あなたがたが思っている以上の可能性がある」と、ローダン。「この任務を終えて船

にもどったら、ただちにGAVÖK向けの計画をまとめよう。いまや、全銀河系諸種族間での協調が実現できると確信している。そのときこそ、ラール人を追いはらうのだ！」

「あまり楽観的になるのはいかがなものかと」スペトックが警告する。「われわれ環境適応人のなかでは、あなたはいまも高く評価されていますが、どの種族もそうというわけではありません。われわれも、これまでは統治権者アトランを支持していました。しかし、かれは力を発揮できなかった。GAVÖKが成立してほぼ一年になりますが、まだなにも達成していません。たとえ銀河系諸種族があなたの計画にたやすく感激したとしても、一年もの猶予をあたえはしないでしょう。われわれ全員、成果を見たいのです」

「それはすぐにも見られる。GAVÖKをわたしの思いどおりにかたちづくることができれば」と、ローダンは約束する。

話しあいは終わった。環境適応人に無礼に思われないよう、そのあともローダンはサメラウドにすこしとどまる。とはいえ、いてもたってもいられない気分だった。シガ星人、エプサル人、エルトルス人との交渉が成功したとはいえ、次のコンタクト惑星に飛ばなければならないのだから。今回の任務ではもっとも困難で重要な段階だ。

惑星トマス・オルメンス……アコン人とアンティのGAVÖK基地。とりわけアコン人は、ラール人支配のもとでもなお、確とした権力ファクターである。すべての決定にさいし、台風の目となる可能性があるのだ。

7

地位と名声を持つ全員が第一区域の転送ホールに集まり、GAVÖKに関するアコン人の統括全権代表を迎えようとしていた。衛兵が両側に人垣を二列つくり、その背後に科学者と軍人たちが並ぶ。転送機アーチのすぐ前には全二十研究区域の司令官、アコン人十四名とアンティ六名が整列する。

厳粛な雰囲気のなか、アーチの下の転送フィールドが揺らめき、アコン人アッカルデがあらわれた。トマス・オルメンスから八千光年はなれた〝ブルーの星系〟の主惑星スフィンクスより、転送街道を経由して直接やってきたのだ。

アッカルデは長身痩軀の堂々たる風采の男である。赤銅色の髪、黒く大きな目。その視線が列席者たちの上を滑るように移動し、正面の男にとまる。

そのアンティはほかの司令官からはなれたところに立っていた。アッカルデと同じくらいの背丈で、バアロル祭司の威厳を持つ。名はモングエン。ほかの司令官とは、外観にくわえて外交的地位も違う。モングエンはトマス・オルメンスにおけるアンティのG

ＡＶÖＫ公使だ。

モングエンとアッカルデは誠実な挨拶をかわすが、感情を表に出さない。アンティもアコン人もとくに情熱的ではないので、両ＧＡＶÖＫ公使の表現は友情あふれるものにはならないのだ。

両者とも、礼儀をつくしたのちにようやく打ちとける。

「ペリー・ローダンの銀河系帰還をどう思うかな、アッカルデ？」と、モングエンが研究区域を視察しながらたずねた。

「小心者とみなされるかもしれないが、まだはっきりした意見を述べたくないのだ、モングエン」と、アッカルデは慎重に答える。「しかし、ローダンが銀河系に新風を吹きこむと、だれもが思っているのでは」

「すでに嵐のようでもあるが」と、アンティが同じく慎重に同意。「この嵐がもたらすものが災いか福か、まずはようすを見るしかあるまい。いずれにせよ、驚愕している者もいるようだ」

「アトランか？」アコン人が微笑を浮かべる。

モングエンは笑みを返した。

ぜんぶで二十の研究区域は木星に似た惑星の地下深くにあり、転送機で結ばれている。もとはとっくに歴史になった時代の施設だ。ＧＡＶÖＫに関する基地が必要になったとき、アコン人はトマス・オルメンスの施設を思いだした。それをアンティとの共同作業により、最新テクノロジーをそなえた深層地下ブンカーに整備。GAVÖK設立一周年を目前にしたいま、作業が完了したのだ。

アッカルデは視察の結果に満足した。トマス・オルメンスはいいかくれ場だ。転送機ネットワークは二十の研究区域だけでなく、十四衛星のステーションやアコンの遠距離転送街道をもふくむ。そのため、宇宙航行に依存する必要がまったくない。これは過小評価できないファクターのひとつである。おかげで、この基地がラール人に発見されることはまずないわけだから。

アコン人は以前から転送機の利点を知りつくしている。百二十年前にラール人の銀河系支配がはじまって以来、転送機ネットワークのカムフラージュを完璧なものにしてきた。探知テクノロジーがきわめて正確になったので、これまでひとつの転送機もラール人の手に落ちていない。アコン人が転送機を使うのはラール人もよく知っているのだが。

「トマス・オルメンスはGAVÖKのもっとも安全な稜堡だ」と、アッカルデ。

「NEIでは意見が違うようだな」と、モングエン。「アトランが恐れているのは、ラール人よりもペリー・ローダンらしいが。そのため、NEIの伝令が休みなく銀河系を飛びまわっている」

アッカルデはうなずき、

「ブルーの星系にもきた。だが、わたしは気にかけていない。アトランがペリー・ローダンを〝恐れている〟というのがよくわからないのだが。ふたりは仲たがいしているのか？」

「それはＮＥＩ工作員に答えさせればいい」と、モングエン。「きのう、伝令二名が到着した。あなたがいないところで決定を下したくなかったので、ひきとめてある。これから迎えよう」

「その必要が？」

「特別伝令だからな……」

「わたしはかまわない。いかなる懸念を表明するのか、よく聞いてみよう」

ＮＥＩ工作員二名に対し、アッカルデとモングエンとの面会が許可された。アンティとアコン人は、全ＧＡＶÖＫ諸種族に向けたアピールに耳をかたむける。ペリー・ローダンに用心するようにとの内容だったが、コメントはひかえた。

ＮＥＩ工作員にもとめられて、アッカルデがようやく態度を表明。

「統治権者は、ローダンのせいで自分の人気が損なわれるのを恐れている……そう思えてならない」と、いう。「これはあなたがたの統治権者にとり、むしろ面目に関わる戦いではないのかという疑いを払拭《ふっしょく》できないのだが」

「統治権者はＧＡＶÖＫの利益しか考えていません」と、伝令が断言する。

「では、アトランはなぜ、耳をかたむけないままローダンを拒むというのか？」アッカルデが応じた。「アコン人は一個人の味方につく考えはない。アトランには多くの義務があり、ペリー・ローダンが過去に有能な男であったこともわかっている。なぜ、ローダンの話を聞くことすらできないのか？」

「ローダンとの協調は敵との提携と同じこと！」と、NEI工作員が興奮して叫ぶ。

「条約違反です」

「ローダンはアトランの敵になったのか？」アッカルデは率直にたずねた。

NEI工作員は自信なさそうに、

「ローダンの利益はわれわれの利益ではありません」

「あなたのいう利益とは？」と、アコン人。「NEIの利益か、あるいはGAVÖKの利益か？　後者であるなら、アコン人はペリー・ローダンにしかるべき返答をしよう。そのことは統治権者に報告してくれてかまわない。アコン人がNEIの意のままにならないことも」

「これは干渉ではなく、忠告なのです。アコン人の心がまえができるように……」と、伝令は口ごもった。

「それなら、われわれ、NEIに感謝しなければばな」アコン人が皮肉にいう。

「アッカルデ！」と、通信装置の呼びかけに応対していたモングエンが叫んだ。「たったいま連絡がはいった。NEI船十隻からなる部隊がホワイトマー星系に進入したそうだ。統治権者アトランも乗っているらしい」

アコン人は両NEI工作員がほっとするのを見た。アッカルデは平然として、

「そうか」と、簡潔にいう。「すくなくとも、これでわかるというもの。われわれ、直接アトランが訪れる程度には重要視されているようだ」

＊

「ついている」《クセルクセス》がトマス・オルメンスのGAVÖK基地と最初の情報交換をしたのち、アトランはいった。「ローダンはまだここにはきていない。われわれが先んじた」

「アンティとアコン人のいる場で対決するほうがよかったのですが」と、ジュリアン・ティフラーが応じる。

「ペリーとはあとからいつでも議論できる」と、アトラン。「われわれが〝ローダンより先に〟きたという事実が重要なのだ。それにより、かれは自動的に不利になる」

《クセルクセス》は十四個のなかで最大の衛星、セブントムに向かって飛ぶ。表面の状態が宇宙船基地に適しているため、不可欠な施設をごく少数つくってカムフラージュすれば充分なのだ。莫大なコストを節約できるだけでなく、人工的な着陸場がないことで、

発見される危険も減る。

《クセルクセス》は誘導ビームで、奇妙なクレーター近くの着陸場を指示された。アトランとともに飛行してきたほかの九隻は、万一にそなえていつでも出撃できるよう、衛星の軌道にのこる。もちろん、ペリー・ローダンではなく、SVE艦の突然の出現を考えてのこと。

アトランはジュリアン・ティフラーと二十名からなる少人数の護衛だけをともない、超弩級戦艦をはなれた……転送機で。保安上の規則により、船からじかに惑星区域に降りることはできない。アコン人はNEIの統治権者も例外あつかいしなかった。そういうわけで、アトランも随員たちも、トマス・オルメンスへの上陸が許可される前に、衛星基地経由という迂回路をとらなければならなかったのである。

「アコン人は自分たちの転送機を崇拝しているな」と、アトランがティフラーにいう。第一区域の転送ホールをあとにし、アコン人とアンティのGAVÖK公使のもとに向かう途中だ。

「過去にこれといった事故がありませんから」と、ジュリアン・ティフラー。「未来においてもそうだろうと確信していますが」

目的の場所につくと、アッカルデとモングエンがすでに待っていた。アトランは単刀直入に、

「トマス・オルメンスを撤収してもらいたい！」

アコン人とアンティは顔面蒼白になった。アッカルデは席から跳びあがり、

「それは不可能です、統治権者」と、声を絞りだす。「どういうつもりで？」

「トマス・オルメンスを断念するには、よほどの理由がありませんと」と、モングエン。

「二十の研究区域が完成したばかりですぞ。これから効果的に活動をはじめられるという矢先に、すべてを放棄しろと要求するのですか」

「GAVÖKの利益のためだ」と、アトランは説明する。「理由を話して聞かせよう。攻撃の危険が迫っているのだ。この基地はいつラール人に襲われてもおかしくない。ペリー・ローダンの失策のせいで、ここのポジションが公会議種族に漏洩した。もちろん、意図して洩らしたのではないにせよ、状況は同じこと。ラール人に知られてしまったのだ……トマス・オルメンスがGAVÖKの稜堡であると」

アッカルデとモングエンは驚き、たがいを見つめあった。

「それなら話はべつです」と、アッカルデ。「認めますが、ローダンに関するあなたの警告を真剣にうけとっていませんでした。それどころか、かれの話を聞いてみようと決めていたのです」

「なんとかまにあったわけだな。ローダンのやり方について、本当のところを伝えることができた」アトランが憮然としていう。「かれはすでにGAVÖK基地ひとつを危険

にさらしている。トマス・オルメンスをもあやうくさせることは避けたい。迅速に撤収すれば、最悪の事態は避けられる」

「基地を危険にさらしたとは、どういう意味ですか?」と、モングエン。

アトランはブルー族の惑星イルフでの出来ごとを脚色して語った。

「ローダンはブルー族を自分の怪しげなアイディアにとりこもうと、一使節をソックター星系に派遣した。しかし、この使節が超重族との戦いを誘発し、絶対に安全とみなされてきた基地が発見され、攻撃されたのだ。退けたとはいえ、いまや基地の存在はラール人の知るところとなった。トマス・オルメンスも同じ運命を目前にしている」

〈そこまで誇張する必要があるのですか、アトラン?〉と、タコ・カクタの意識が呼びかけてくる。〈ペリーの使節が基地の存在を漏洩した証拠などありません〉

〈GAVÖKの存続に関わることだ〉と、アトランの付帯脳が反撃。〈目的は手段を正当化する〉

〈それにしても、ペリーにはもっとフェアなあつかいがふさわしいはず〉

「それはひどい」と、アッカルデ。「ペリー・ローダンはそのような無責任な行動はとらないものと……かれについて語られる内容からして、思っていましたが。即時撤収に同意します! これをテストケースとみなしましょう。いまこそ、われわれの転送機ネットワークが実証されますぞ」

「転送機の使用は思いとどまってもらいたい」と、アトランが訴えるように、「もっと守られるべきアコン人の秘密を賭けるなど、無責任で軽率というもの。基地のポジションを知ったのだから、ラール人はすでに近くで待ちぶせているかもしれない。位置を測定しようと、大型転送機が作動するのを待っていることも考えられる。アコン人にとり、死の一撃となりうるのだぞ」

アッカルデは驚いて身をすくませた。震える両手をテーブルにしっかりとおいているモングエンに一瞥を向け、ふたたびアトランを見ると、

「しかし……」

「その問題は考えてある」と、統治権者がすばやくいう。「なぜわたしが超弩級戦艦できたと思う？　しかも、九隻を随伴して。二十の研究区域要員と重要な機器を積みこむスペースを考えてのこと。トマス・オルメンスに宇宙船が配備されていないのは知っている。だから、搭載艇を使って基地と母船との輸送をひきうけようというのだ。ラール人が突然あらわれるにしても、全体撤収にはまだ充分まにあう」

アッカルデがうなずき、

「ほかに選択の余地はないのでしょうな」

＊

ジュリアン・ティフラーとふたりだけになると、アトランは、

「この巧妙な作戦行動により、われわれ、ペリーの機先を制した、ティフ！」

「素直にはよろこべません」と、ティフラー。「あまり早くペリーの前に姿をあらわしたくないもの」

「まちがったセンチメンタリズムだぞ、ティフ」と、アトランがひややかにいう。「わたしがゲームのルールをつくったのではない。ペリーから継承しただけだ」

＊

ペリー・ローダンは勝利感にひたっていた。それには理由がある。環境適応人のコンタクト惑星サメラウドで首尾よくいったあと、ガルブレイス・デイトンとジェフリー・ワリンジャーからも成功を知らせる通信連絡をうけたのだ。サーフォンに向かったデイトンは、ＮＥＩ工作員の妨害によって最初は後退を余儀なくされたが、そのあとアラス、スプリンガー、アルコン人との交渉をかなり進められたという。一方、ワリンジャーの任務は大成功といっていい。かれの介入により、ブルー族の惑星イルフは超重族による破壊から救われた。こちらの善意をしめすのに、救援出動以上のものはない。

こういうわけで、ローダンには上機嫌になる理由があったのである。

それだけに、ホワイトマー星系進入のさいに見舞われた反撃は、まったく思いもよら

ないものだった。

　ダボラ星系のときと同じ方法を用い、まず情報リールのメッセージを通常周波で送信。その後、着陸許可とトマス・オルメンスにおけるアコン人の受け入れ転送機の使用を、みずから要請した。

「保安上の理由から、全転送機は作動中止しています。おひきとりください」と、そっけない返事が返ってくる。

「われわれ、歓迎されてないみたいだ」と、グッキーがいう。「けんか腰だもんね」

「甘んずるわけにはいかない」と、ローダン。「ここでなにが起きているのか知る必要がある。おそろしく怪しげじゃないか」

「そうかもしんない」と、グッキーが同意した。

「サー！」探知士が興奮して叫ぶ。「宇宙船を探知しました。トマス・オルメンスの衛星、セブントム近くです。これは十四ある衛星のうち最大のもの。ソラー級の宇宙船九隻が周回軌道にいます」

「アトランだ！」ローダンはこぶしをてのひらに打ちつける。「こうなるかとは思っていたが」

「なにを思ってたんだって？」と、グッキー。

「そういういいかたはやめろ、ちび」ローダンは憤《いきどお》りをおさえて答える。もちろん憤りはネズミ＝ビーバーに向けられたものではないが。「アトランがためらいもなくやったということ。こちらを出しぬき、アコン人とアンティに影響をあたえてわたしに反対させるためにな。さっきの返事はアトランの策謀の結果だ。だが、そうかんたんには追いはらわせないぞ」

「転送機の作動中止に背後関係があるとは考えないのですか、ペリー？」と、メルコシュ。

「おのずとわかることだ。われわれ、まっすぐトマス・オルメンスに着陸する。いきなり砲火は開かないだろう。そうそうアルコンの策士の好きにはさせない！」

グッキーはローダンを批評するように観察すると、

「アトランに対して怒ってるのを見ると、なんだか子供じみてるね」

ローダンはグッキーに反論の視線を向けたが、突然、笑いだした。

「そのとおりだな、ちび。ときどき、われを忘れてしまう。わたしが好き勝手にやっているときは、遠慮なくいってくれ」

「見あげた分別だね。どっちみち、ぼかあ、なんでも思ったまいうけどさ。で、それでもトマス・オルメンスに着陸するつもりなんだね？」

ローダンはうなずく。

「もちろんだ。もう、ここにきたわけだし。それに、われわれの助けが必要かもしれない」

ＳＺ＝２＝Ｋ４９は母星から二千万キロメートルはなれたセブントムの軌道を横切り、ワントムの軌道もすばやくあとにする。まもなく、全周スクリーンいっぱいに惑星の巨大な球体がうつしだされた。直径十四万二千キロメートルで、太陽系の木星よりややちいさい。水素・メタン・アンモニア大気という点や、自転周期の速さでも木星に似ている。十四・八二時間で自転するため、大接近しても目にとまるほどの強い極扁平が生じていた。重力はその質量にふさわしく、二・八七Ｇだ。

トマス・オルメンスは大気の流れがはげしく、宇宙船の操縦はむずかしい。超弩級戦艦でさえ苦しむほどだから、比較的ちいさなＳＺ＝２＝Ｋ４９はとくに。しかし、《ソル》の航法士は四十年以上つづく放浪の旅で鍛えられており、この程度の困難には動じない。

温度と流れが異なる数層のガスを、軽巡は確実にとおりぬけていく。何度かはげしく揺さぶられたが、それだけのこと。

ＳＺ＝２＝Ｋ４９は氷河地帯に着陸。地下深くにあるエネルギー源から十キロメートルもはなれていない。

ローダンは乗員に最後の指示をし、メルコシュ、グッキーとともに、もっとも近いアコン人基地にテレポーテーションした。

三人は司令センターのまんなかで実体化する。

「ペリー・ローダンだ。この基地の司令官と話がしたい」ローダンがそういうと、アコン人は啞然とした。自動的に武器を握るものの、闖入者がだれであるのかを認識したため、かまえはしない。

「アッカルデとモングエンは第一区域にいます。NEIの統治権者といっしょに」最初に驚愕を克服したアコン人が、「ここは第十七区域でして」

「わかった。では第一区域の司令官を訪れるとしよう」と、ローダン。

「残念ながら、それはできません。だれも移動してはいけないという命令が出ていますので」アコン人はそっけない。もう完全に平静にもどっていた。皮肉な笑みを浮かべ、「ここにきたからには、あなたがたはこの区域をはなれられません。全転送機は停止しています」

「なぜだ？」

「まず、知っておいていただきたいのですが」と、アコン人。「この基地は撤収されます。ラール人の攻撃が目前に迫っていますから。ブルー族の基地でなにが起こったか、ご存じないのですか？　同じことがこの惑星でも起こるのです」

それが転送機停止の理由か！　ローダンはアトランに陰謀の罪を着せたことをうしろめたく感じながら、

「われわれ、よろこんで基地の撤収を手伝おう。第一区域の座標を教えてもらいたい。そうすれば、司令官と協議できる」

アコン人が意識せずに〝思いうかべた〟座標を、グッキーはテレパシーでなんなく読みとった。しかし、アコン人が口にしたのは、

「あなたがたには第十七区域にとどまっていただかなければ。転送機の作動は許可されていませんので。例外はありません」

「そんなもんいらないよ。自分でやるから」グッキーはローダンとメルコシュの手を握り、第一区域にテレポーテーション。

巨大な鏡ばりの部屋で実体化した。すべての壁、天井、床に、自分たちの姿が数千人もうつり、その鏡像が無限につづいている。

「ここはどこだ?」ローダンが叫んだ。「グッキー、乗員の思考から位置を探ってくれ」

「読めないや」と、グッキー。「まったく思考が存在しないんだ」

「ありえない」ローダンは数歩歩いたが、方向感覚が失われ、めまいがする。

「罠だ!　はなれるな。メルコシュ、鏡を壊すんだ!」

ガラス男は口吻を二十センチメートルほどの長さにとがらせ、五次元領域の超心理インターヴァル・エネルギーを放射。人間にも知覚可能な音をともなった高周波を発する。

だが、破壊エネルギーの攻撃にも鏡はびくともしない。メルコシュは苦悶の声をあげてくずおれ、痙攣しながら床をのたうちまわった。

「どうやら、インターヴァル・エネルギーまで反射するようだね」と、グッキー。「ぼくがテレパシー性触手を伸ばしたときにも、同じことが起きたんだ」

ローダンが怒りをあらわにうなずき、

「わかったぞ。アンティのパラ反射だ。この領域をはなれ、超能力を使わず主司令センターへ進まなければ」

突然、霧がたちこめてきた。ペリーはメルコシュが立ちあがるのを助け、乳白色の空気のなかで道を探す。目の前にかざした手も見えない。

すべては幻覚にすぎないのだ……と、ローダンはおのれにいいきかせた。それで問題が解決するわけではないが。アンティのしわざであることはわかっている。ミュータントの能力を反射する超心理ブロックをつくるため、多数のアンティが連携したにちがいない。かれらの超能力はメルコシュやグッキーがやられるほど強力ではないから。それでも、対抗手段がわからない。唯一の可能性は、司令センターにいるアトランやアコン人とアンティの幹部のもとに行き、この超能力反射から逃れることだ。

ばらばらにならないように、三人は手をつないだ。グッキーが苦痛の叫びを発する。ローダンはネズミ＝ビーバーのちいさな手が痙攣しているのを感じた。超能力をためしたにちがいない。

「無意味なことはやめるんだ」と、ローダン。「どうにもならない。アンティの防御ブロックが強すぎる。打ち勝つどころか、自分自身が弱ってしまうだけだ」

「ご臨終の日まで堂々めぐりしてろっていうのかい？」グッキーが痛みにひずんだ声でいう。「防御ブロックが弱くなってる。明らかに、なんかの思考が洩れてきているぞ。メルコシュ、ためしてみなよ」

ローダンが禁じようとしたそのとき、周波転換能力者はすでに、鼓膜が破れそうな大声を発していた。

突然、霧が晴れた。アンティ五十人のならんでしゃがんだ姿が蜃気楼のように見える。そのなかに、威厳に満ちた態度のアトランがあらわれた……壁が破裂するような音がし、霧をとおして閃光がちらつく。

不思議な現象がおさまった。

ローダンとミュータントふたりは荒廃した通廊にいた。メルコシュの発したインターヴァル・エネルギーがだれにも害をあたえなかったことを確認し、ローダンは安堵する。とはいえ、はじめから恐れる必要はなかったのだ。第一区域の見捨てられたセクターにおびきよせられ、隔離されていたわけだから。

この一件にアトランが関わったとは思えない。先ほどの態度を見ると、アトランがこれに関して怒っているとわかった。アンティが自発的にやったにちがいない。

しかし、なぜ？　敵意ともいえるかれらの拒絶的態度の理由はなんなのか？

その理由は、まもなくわかることになる。グッキーがローダンとメルコシュを連れて司令センターへジャンプしてみると、大混乱のさなかだった。アコン人とアンティが右往左往し、貴重な機器を解体したり、ポジトロニクスから携帯記憶装置にデータをうつしたりしている。

ペリー・ローダンたちを気にとめる者はいない。

「ここの司令官は？」ローダンが大声をはりあげるが、アコン人は無反応だ。

グッキーはほしい情報を人々の脳のなかに探した。

「かれら、この状況の責任がチーフにあると思ってるよ」と、グッキー。「だから拒絶されてんだ」

「わたしに？　いったい、なんの責任があると？」ローダンは理解できない。

「チーフがラール人をこの基地に連れてくるんだとさ」と、グッキー。「アトランがそう説明したみたい。あんたが動いたせいで敵がイルフの存在に気づき、あやうく破壊されるところだったたって。で、トマス・オルメンスも同じ運命に見舞われるといったんだな……ぼかあ、アトランがこんな嘘をひろめるなんて信じられないけどね、ペリー。でも、アコン人の思考を読めば、明らかにそういうこと」

ローダンは呆然とした。アトランに関し、怒りにまかせてののしったこともある。しかし、このような卑劣な言動が真実とは信じられない。

「グッキー、アコン人とアンティの司令官を探しだしてくれ」と、ローダン。「直接会って事情を説明し、アトランは嘘つきだと教えるのだ。アルコン人の仮面をはいでやる。これで破滅することになるだろう」

グッキーはテレパシー性触手を伸ばした。

「アコン人の指導的立場の人物にコンタクトがとれた。でも……」

「わたしを連れて、そこにテレポーテーションするんだ！」

「無意味だと思うよ。ほとんどの者がすでに撤収しているから」と、グッキー。

「さ、ジャンプしろ！」ローダンはネズミ＝ビーバーの異議をまったく考慮しない。

グッキーはため息をつき、運命にしたがった。気分は重かったが。

*

「ローダンがきた？」報告をうけ、アトランはかぶりを振った。「ぬけぬけと」

「着陸許可を拒みます」と、アッカルデ。「ローダンと関わりを持ちたくないので」

アトランは唇をなめた。ペリーの到着が撤退完了のあとになるのを願っていたのだが。

戦術上の駆けひきが明らかになる恐れがあるため、対決は避けたい。とはいえ、ローダンの着陸を力ずくで阻止したくはない。不一致はそれほど大きくはないのだから。

「ローダンのことだ、拒んでも無視するだろう」と、ゆっくりした口調でいう。

「そのときはわれわれわれの力を見せるまで」モングエンがそういいながら姿を消した。

「暴力行為に出ないでしょうな」と、ティフラーは心配そうに、「そんなことをさせてはいけません」

「もちろんだ」アトランがすぐにいう。「アッカルデ、ローダンの船を通過させてもらいたい」

「われわれ、野蛮人ではありませんから」と、アッカルデ。「トマス・オルメンスへの着陸を許可するだけでなく、アコン人の立場をローダンにはっきりいうべきと考えます。肘鉄をくらわし、GAVÖKを思いのままにはできないとわからせましょう」

「そういうことは期待していない」アトランはいらだちを見せる。「ここに長くとどまり、命を賭けるつもりならいっておくが……ラール人が宇宙空間のどこかで待ちかまえているかもしれないのだぞ。ローダンの着陸を待ち、襲いかかろうとしているだろう。アコン人とアンティにくわえ、NEIとテラナーの指導者を一網打尽にできるチャンスなど、そうあるものではないからな」

　アッカルデはうなずき、

「そのとおりですね。ぐずぐずしていられません」

「いかにも。すばやい撤退がなにより優先される」アトランはペリーとの対決を回避する計画を立ててあった。迫るように、「とりわけ重要なのは、アコン人とアンティ首脳の安全確保だ。搭載艇での搬送は時間がかかりすぎる。したがって、重要人物はテレポーテーションで《クセルクセス》に移動してもらいたい」

アトランはアコン人とアンティの全首脳をひと部屋に集めることに成功。念をいれ、司令センターを集合場所に選ぶのは避けた。ローダンがテレポーテーション可能なミュータントを連れていることも考えられる。となると、かんたんに思いついて到達できる目標は司令センターだから。

〈タコ、はじめるのだ！〉アトランは思念を集中し、三人のアコン人と肉体的コンタクトをとる。〈どうした、タコ。なにをためらっている？　時間がないぞ！〉

統治権者のなかにいるテレポーターの意識は、決心がつかないようだ。アトランは一瞬、命令にそむかれるのではないかと思う。しかし、テレポーテーションは実行された。

アトランはアコン人三名を《クセルクセス》の司令室に降ろすと、次の三名を連れてくるため、すぐ第一区域にとって返す。

ジュリアン・ティフラーはそれを複雑な気分で眺めていた。キタイ・イシバシの意識と対話しながら。

〈アトランのすることに賛成できない〉と、イシバシの思考が語りかけてくる。〈このような策を弄したやり方でペリーを出しぬこうとするのは、まちがっている。なぜ、GAVÖKの諸問題を交渉で解決する努力をしないのか？　これは連合のためにならないと思うが〉

「同感だね」と、ティフラーは声にだして答えた。「しかし、アトランが洞察力を失っていると気づくのが遅すぎた。GAVÖKをめぐる熾烈な競争は、いまやアトランとペリーの威信をかけた戦いになっている。これはだれの役にもたたないのだが。すぐに悟らないと、アトランは面目を失ってしまう」

〈われわれがこれ以上の支持をしなければ、終わりにできるのではないか〉

ティフラーがかぶりを振る。

「この状況でアトランを見捨てることはできない。だが、話してみよう。過ちには気づくべきだ。ローダンが最初の石を投げたことを、毎回ひきあいに出すのは許されない」

アトランはトマス・オルメンスのアコン人とアンティの全首脳を《クセルクセス》に移動させた……アッカルデとモングエンをのぞいて。アッカルデは会議室で一アコン人と話し、最後の指示をあたえている。しかし、モングエンの姿がない。

「モングエンはどこにいる？」と、アトラン。アンティがひそかにローダンと連絡をとっているのではないかと危惧しているのだ。

「部下たちのところに行きました」と、アッカルデ。「超心理ブロックをつくり、ローダンの行く手を阻むのだと」

「力ずくは望まないといったではないか！」アトランはいきりたち、タコ・カクタに命じてテレポーテーション。モングエンと部下たちがいるはずのセクションをめざす。

実体にもどった部屋には、アンティの一グループ以外だれもいなかった。かれらの強力な超心理放射を痛いほど感じる。アトランは力を振りしぼってモングエンのところへ。タコ・カクタの意識が精神のなかで苦悶の悲鳴をあげ、安全な場所にテレポーテーションしようともがく。それとも戦わなければならない。

やっとモングエンのところにたどりついた。アンティをトランス状態からひきもどすと、超心理ブロックが崩れる。

アンティはアトランと激論を戦わせたのち、ローダンに対するこれ以上の攻撃をやめてテレポーテーションすることにようやく同意。

アトランはモングエンを連れて《クセルクセス》にジャンプし、勝手な行動を封じた。ジュリアン・ティフラーとアッカルデを連れに第一区域にもどる。まもなくトマス・オルメンスでの任務が終了すると思い、よろこんだそのとき……

「アトラン！」ペリー・ローダンがグッキー、メルコシュとともに実体化した。「いまこそ、策謀の責任をとってもらわなければ」

アトランはすばやく行動。ティフラーとアッカルデと肉体的コンタクトをとり、《クセルクセス》にテレポーテーションした。

「なぜ弁明しないのです、アトラン？　ローダンはあなたに策謀の責を負わせようとしましたぞ」目的地についてのち、アッカルデがたずねた。

アトランは疲れているように見える。肩をすくめ、

「貴重な時間だ。些細なことでいがみあってはいられない」

アコン人はこの説明に満足した。

ジュリアン・ティフラーがアトランをわきにひっぱり、

「今後、このような術策はやめませんか？　あやうく失敗するところだったのですよ」

「危険を冒すだけの価値はあった」と、アトランがいいはる。

ジュリアン・ティフラーは考えをめぐらせながら統治権者を見つめ、

「キタイがあなたと話したがっています」しばらくして、暗示能力者がティフラーの口を借りていった。

「残念ですが、アトラン、あなたのやり方に賛成できません。われわれ、旧ミュータントはいつもNEIに肩いれしてきたし、将来もそうするつもりです。しかし、この種の作戦にくわわることはできません」

〈わたしもキタイに賛同します〉と、タコ・カクタの意識がアトランに告げる。〈ローダンに対し、ふたたびこういうやり方をするつもりなら、わたしをあてにしないでくだ

さい。命令を拒みます〉

「では、ペリーが同じやり方でアコン人を味方にしようとしたら、どうするのか？」アトランがたずねた。

「おそらくペリーなら、このようなやり方はしないのでは。もっと思慮深いはずです」と、ティフラー。「ペリーの場合、有効な合意を見つける道を探るでしょう。ともあれ、ことを極端に推しすすめるべきではありません」

＊

グッキーもほとんど同じ言葉を使った……ローダンがこう要求したときに。

「わたしを連れてアトランの船にテレポーテーションするんだ。アコン人とアンティに真実を明らかにする」

「ことを極端に推しすすめるつもりなの、ペリー？」と、ネズミ＝ビーバー。

「極端に推しすすめるとはどういう意味だ？」ローダンはいきりたつ。「GAVÖKで裏切り者とみなされたのを、黙っているわけにはいかない」

「アコン人とアンティだけがGAVÖKじゃないよ」と、グッキーが反撃。

「だが、この強力な両種族を味方につけた者がGAVÖKをコントロールすることになる。わたしは名誉回復したい。アトランの船にテレポーテーションするんだ！」

「名誉回復するんなら、ほかの方法もあるよ」

「ほかの方法を探すつもりはない。アトランから名誉回復をもとめたいのだ。わたしに関してにせの噂をひろめたと、アコン人の前で白状してもらう」

「絶対にしないだろうね。誇りが高すぎるもんな」と、グッキー。

「その誇りを打ちくだいてやる！」

「ほかの考え方はできない？」

「できない！」

「だったら、ぼかあ、命令を拒まなくちゃ。チーフをアトランの船にテレポーテーションさせない」

「では、アトランの側につくと……」

グッキーは返事をせず、無言で踵《きびす》を返した。

メルコシュがグッキーのかわりに、自分の意見を表明する。

「グッキーがアトランの側につくことはありません、ペリー。わたしも同じです。この方向だと一歩進むごとに事態が複雑化するのじゃないかと、危惧しているのですよ。問題の核心はまちがいなく誤解です。ひとつの誤解がさらなる誤解をもたらし、突然、だれも望まないカタストロフィにおちいってしまう」

「きみもか、メルコシュ」ローダンは苦々しく、「わたしのやることすべてに反対なのか？　これでは船にもどる勇気すら湧かないというもの。乗員が暴動を起こすかもしれないからな……」

もちろん、本気ではない。意気消沈した気分のはけ口を必要としたのだ。

SZ＝2＝K49にもどり、トマス・オルメンスをスタートする。ローダンは黙りこんでいた。グッキーとメルコシュはチーフに納得してほしかったのだが。セブントムのそばを通過するとき、エグゼク1はアトランとの通信連絡をもとめた。

アルコン人になにをいうつもりか。メルコシュとグッキーははらはらする。アトランが会話に応じなければいいとひそかに考えたが、期待どおりにはならなかった。

通信がつながるまでのあいだに、SZ＝2＝K49はホワイトマー星系の辺境域まで達していた。そのとき、ハイパーカムのスクリーンにアトランの姿があらわれる。

無愛想な顔で口をかたく閉じ、拒絶以外はありえないといった感じだ。

「アコン人とアンティがわれわれの話をいっしょに聞くことはできないのでしょうか」

と、ローダン。

「きみの支離滅裂な話など聞かないほうがいいだろうと思ってな」アトランはひややかだ。「きみはきみの考えでGAVÖKメンバーの数種族を毒した……それで充分だろう」

はげしい反論が喉まで出かかったが、かろうじておさえ、

「そうしておきましょう。この件は忘れたくありませんが。ただ、わたしが敗北を認めていないことは知っておいてください。このラウンドはあなたの勝ちです……アンフェアではありましたが。しかし、おぼえておいていただきたい。わたしはこれからもアコン人やアンティと連絡をとり、こちらのやり方が正しいと納得させる方法を探るつもりです」

アトランはうなずき、

「いいだろう、ペリー。挑戦をうけて立つ」

スクリーンが色あせた。アトランが接続を切ったのだ。しずまりかえった軽巡の司令室に、命令が響く。

「リニア飛行の準備にかかれ！」

8

《ソル》船内。

SZ＝2の司令室である。

ローダンはジェフリー・ワリンジャーとガルブレイス・デイトンをはじめ、三外交団にくわわったミュータントを集めた。ほかのミュータントや側近たちは見物人となる。

イホ・トロトは石になったモニュメントのように突出していた。ローダンが報告をうけたところによると、ふたりの同胞ルラトン・ペルラトとグレインセン・トストが《ソル》を去って以来、もはや微動だにしないらしい。だれもハルト人のこの奇妙な態度を説明できなかった。

ローダンはアトランの演説を記録した音声リールをかける。〝NEI統治権者〟としてGAVÖKのメンバー諸種族にあてたアピールだ。明らかにアトランはローダンがこれを聞くことを望んだもの。NEIの船から指向性回線を使い、《ソル》に発信したのだから。

短くていい演説だと、ローダンも客観的に認めざるをえない。考え方が違うし、主張する論拠にも偽りがあるとは思うが。

演説のなかでアトランは、スタトゥス・クオ保持の理由を述べ、ラール人に対するそれぞれの行動が銀河系諸種族をおびやかす危険性をしめした。そのうえで〝攻撃的な〟やり方を弾劾する……はっきりとローダンの名前をあげたわけではないが。

「暴力は暴力を呼ぶ。軍事的行動は、ラール人を報復処置へと挑発することになるのだ！」

アトランは理性と忍耐の政治を要求し、

「われわれ、待たねばならない。チャンスはかならず訪れる」

さらに、アルコン人はつづける。〝帰郷者ローダン〟に、ラール人に戦闘を挑む軍事的潜在能力があると信じる者が、はたして銀河系諸種族のなかにいるのか？

アトランはこうして多くの〝理性的〟論拠を述べたあと、GAVÖKメンバーの名誉に訴えることを忘れなかった。現行の条約を思いおこさせ、それに対する絶対的な忠誠をもとめる。

「劣勢に立たされた男が、やぶれかぶれに攻撃している」と、ローダン。だれも賛同しないので、つづけて、

「今回の外交的努力を総括すると、結果はきわめて好ましいもの。環境適応人、スプリ

ンガー、アラス、ブルー族がわれわれの側についた。アルコン人はまだ煮えきらないようだし、ほかの多くの小種族も同様だが。アコン人とアンティはさしあたりアトランが味方にひきいれた。だが、われわれがちょっとした成功をおさめれば、NEIから離反するだろう。スタトゥス・クオはもちこたえられまい。目下の状況によれば、われわれ、GAVÖKの三分の二の支持を計算にいれることができる。期待以上だ」

「状況はそれほどバラ色ではありません、ペリー」と、ジェフリー・ワリンジャーが言葉をはさんだ。「諸種族を協調させてラール人に対抗する動機を持たせ、GAVÖKを強化するのがわれわれの計画のはず。しかし、アトランとの冷戦が逆の働きをし、GAVÖKは分裂しています。さらなる弱体化を意味するかと」

「たしかに」と、ローダンが認める。「分裂は連合の強化に寄与しない。前途多難だ。GAVÖKを、われわれの念頭にあるような戦闘力のある組織につくりあげたい。いまこそ、そのことに集中しなければ。全力を投入しよう！」

「ふたたびアトランが度をすごしたときは？」と、ガルブレイス・デイトン。トマス・オルメンスの出来ごとをよく知っているのだ。

「心配ない。もうアトランには挑発されない」と、ローダン。「GAVÖKに対し、わたしもアピールを出そうと思う。こんどは全基地に外交使節を派遣し、交渉のさいにわれわれの立場を告げる。その論拠をしめせば、アトランの現状維持政策を凌駕するのは明らか。かれはこちらの八十年計画に対抗できない」

「具体的にはどのように考えているのですか？」と、ワリンジャー。「切り札すべてをテーブルに出すつもりではないでしょう。それとも、ケロスカーのことを吹聴《ふいちょう》するので？　《ソル》にいるのがわれわれの味方で、ロルフスにいるのがラール人の敵だと」

「もちろん、そうはしない」と、ローダンは約束。「こちらの方法にプラス材料を提供するものとはいえ、もっとも重要な点……公会議のトップが事実上もはや存在しないという事実をひきあいに出すのもだめだ。公会議メンバーは銀河系で退路を断たれたわけだが、それを明かすことはできない。しかし、それにしたがって行動し、成功をおさめたいもの。GAVÖKメンバーのうち、優柔不断な者も分別を失った者も、われわれの味方にできるだろう」

＊

ガイア、ソル・タウン。

精神クリニックのなかである。

精神を病んだ者のいる場所はそれ自体がひとつの宇宙だ。しかも、それぞれの患者が自分の世界に暮らしている。それぞれの法にしたがい、夢の世界で暮らす数千の幸福な人々は、〝外〟を理解しない。なぜなら、〝外〟がかれらを理解しないから。しかし、自分自身の宇宙を持つ人々に同情するなどありえない。うらやましいくらいだ……

ダジ・シャグは公園でチロのかたわらを歩きながら、そのようなことを考えた。現実の恐怖をなにも知らない友がうらやましい。しかし、自分は規範から離脱することはできないのだ。多数派に属し、それにしたがって考えているから。少数派を憎むか同情するしかできない。

「わたしがきみの復讐をする、チロ」と、友に約束する。

樹冠をとおしてさしこむプロヴの光に、チロはまばたきした。幸福そうに笑う。幸福というより、重荷を負っていない子供の笑い方だ。四歳児のように笑っている。

「復讐するぞ、チロ」ダジはくりかえした。友が聞いていないのはわかっているが。

「偶然に事実を知った。きみは事故の犠牲者なんかじゃない。アラス、スプリンガー、アルコン人がいっしょになって危害をくわえたのだ。なのに、この件は外交的紛糾を避けて隠蔽された。そうとも、外交はすべてにまさるというわけだ。組織にとっては個人など、ないも同然か。しかし、それでは共同体も存在しないことになる。その成員は、それぞれが同等に重要な個人なのだから……」

「ほら、友よ……プロヴだ！」チロはいうが、友のことはわかっていない。記憶がもどってほしいというダジの願いもむなしく、二週間近くたっても、チロの状態はよくならないままだ。

「わたしは影響力を失った」と、ダジがつづける。「もうプロヴコン・ファウスト外での任務はあるまい。だが、閉じこめられているつもりはないぞ。宇宙船を手にいれたから……ま、その話は忘れてくれ。計画は黙っておくにかぎる。しかし、これだけはいっておく、チロ。わたしは復讐する。ほかのことはどうでもいい。マルツァル、アラクシオス、ゴルガルに、きみを苦しめた償いをさせる。計画は練った。問題はプロヴコン・ファウストから出ることだけ。宇宙船は手にいれたが、真空案内人がいないのだ……」

ダジは友が聞いていないのもかまわず、話したいだけ話す。知らないうちに、自分自身もまわりの世界から隔絶されていた。ダジもまた、自分だけの法にもとづく自分だけの世界に暮らしているのだ……チロのための復讐という世界に！

「もう行かないと、チロ。またな！」

チロは自分の世界にはいりこんできた小動物のあとを追い、草のなかにしゃがんだ。動物が姿を消したので、名も知らぬ友のほうを振りかえる。友も消えていた。

チロの視線は時空の壁をつきぬけ、遠くをさまよう……球型の構造物が、異世界の不気味なエレメントに揺さぶられるのが見えた。なかには名も知らぬ友が閉じこめられている。不気味なエレメントの障壁を打ちやぶろうとするが……かわいそうな友。もう再会することはないだろう。

チロは友のためにすこし涙を流すと、ふたたび好きなもののほうを向き、発見の旅に出かけた。いたるところに、心をそそるめずらしいものがたくさんあるので、それを集めてまわる。しばらくして、見知らぬ男ふたりの声に耳をすませた。いつ訪ねてきたのかわからない。だが、すぐに仲よくなった。

「チロ、ダジ・シャグのことをおぼえているか？　この名前に心あたりはないか？」

「名前はわからない」うまく答えられて、チロは誇らしげだ。いつもこうではないから。なじみのないことがたくさんありすぎて、人の話がしょっちゅう聞こえなくなる。聞こえてもすぐに忘れてしまう。

「ダジは真空案内人を連れずに船でプロヴコン・ファウストを出ようとした」と、アトランが説明。「なぜ、そんなことをしたと思うかね？」

チロの目の前にイメージが浮かんだ……不気味なエレメントのなかで死んだ、名も知らぬ友の映像が。

「かれがもういないのは知っているよ」と、チロ。友の死をともに体験したのだ。時間の障壁を持たないので、望むだけ何度でも体験できる。「なんでそんなことをしたんだろう？」

アトランとティフラーはひきあげた。

「チロに聞いても無意味だといったでしょう」と、ジュリアン・ティフラー。

「ダジ・シャグは逃走前にチロを訪ねた。計画を話したにちがいない」

「そうかもしれません。しかし、医師がチロはまともな会話ができないといったではないですか」

「シャグが真実を探りだしたかどうかを知りたいのだ」と、アトラン。

しばらくのあいだ、そのことが頭からはなれなかった。政府の仕事で手いっぱいのときにもなお瑣末《さまつ》な問題に関わるな……付帯脳がそう警告するが、ダジ・シャグについて考えてしまう。

ダジの死は個人の運命だ。しかし、それはGAVÖKの死の象徴ではないか？　GAVÖKもまた、コントロールがきかなくなった船のようなもの。乗員たちが暴動を起こし、船長であるわたしはもはや舵を手にしていない。そこにローダンがあらわれ、真空案内人の役を買って出た。だが、真空案内人がいなくとも致命的な暗黒星雲を進めると、わたしは思いこみ……

〈そういう考えだと、まもなくチロの相手をすることになるぞ！〉付帯脳が預言する。

「GAVÖKと関わっていても、よろこびはない」アトランはジュリアン・ティフラーに心中を打ち明けた。「手づまりだ。ハルト人の協力が得られていれば、結果は違ったかもしれないが……GAVÖKにとどめの一撃をあたえたのがペリーでないことはわかっている。かれは傷口を明らかにしただけ」

「ずいぶんとかかりましたな」と、ジュリアン・ティフラー。「しかし、そのような認識にいたったのはうれしいこと。さて、GAVÖKの健全化のために、なにをしようと考えているので?」

「なにも。手をひくべきだと思う」

ティフラーは笑みを浮かべ、

「まったく同意見です。GAVÖKと手を切れば、NEI工作員を本来の目的からはなれて使う必要がなくなり、真に緊急のケースに投入できます。それに、われわれ、まだマルティ・サイボーグも持っていますし」

「そうか、マルティ・サイボーグだ」と、アトランは同意。伸びをして、つづける。

「ローダンはGAVÖKとうまくやればいい。わが工作員とムサイは銀河系において、はるかにましな活動ができるだろう」

アトランは不意に、重い荷物から解放されたように感じた。ようやく決心ができて満足している。

*

「マイルパンサー、わたしがロルフスをはなれたのは本意でない」と、ヘトソンの告知者がいった。「できるものならケロスカーのところにとどまりたかった。瞑想するケロスカーを観察し、どのようにしてパラノーマル隆起のなかでn次元計算をするのか、想像したかったのだ。かれらがジグソーパズルのようにひとつずつ戦略を繫ぎあわせていくところや、さらにはその完成結果を間近に見たかった。しかし、銀河系の状況はわたしに、感覚刺激のための無為の時間をあたえてはくれないのだな。不穏な動きがあるぞ、マイルパンサー！」

「ケロスカーはあなたがいなくともなんとかやっていけます、ホトレノル＝タアク。しかし、前線ではあなたが必要です」と、銀河系第一ヘトラン。

「前線はどこだ？」

「ペリー・ローダンとアトランがあらわれるところなら、どこでも。最新の報告がそれを証明しています。両者とも非常に活動的なようで。その活動がわれわれに向けられていないのはさいわいですが」

「そうだな。噂を信じるなら、あのふたり、どうやらすれ違っているようだ。われわれには願ってもないこと。この観点を考慮にいれよう」

「どちらに優位をあたえるつもりか、もう決めましたか？　あなたは両者をよくご存じのはず。どちらを高く評価するので？」

「賭けたくてうずうずしているな、マイルパンサー？　どちらが勝つか、わたしと賭けをするつもりか？」

「そそられますな……しかし、あなたが賭け金をはろうとする側は、あなたが支援しようとする側になるわけでしょう。アトランのほうがより理性的に思えますが」

「どちらも同じくらい危険ではあるが、手を組まれると著しい脅威となる。そういうことだ、マイルパンサー。あのふたりはすれ違うというより、対立している。どちらにも優位をあたえず、いっそう不仲にさせるのだ。そのためならなんでもしよう！」

＊

「動いています！」エモシオ航法士センコ・アフラトが叫んだ。イホ・トロトの硬直が解けてきたのである。と同時に、トロト自身も生きている兆候をしめした。轟く哄笑でセンコ・アフラトの言葉に応じたのだ。

「これで、きみが生きかえったことを《ソル》のだれもが知ったよ、トロトス」ハルト人がしずまると、ローダンはいった。「一時的なものでなければいいのだが」

「そうではない」と、イホ・トロト。「いまからは行動しなければ」

「衝動洗濯が必要なら、いつでも助力を惜しまない」と、ローダン。「きみの能力を投入する機会はたくさんある」

「それとはべつのことが必要なのだ」と、トロトが答える。「重要なことをかたづけるため、《ソル》をはなれなければならない。すぐに帰ってくる遠足のようなものだが。船を借りたい。小型搭載艇で充分だが、使ってもかまわないだろうか？」

「かまわないとも」と、ローダン。「きみがいいと思うものを、巡洋艦でもコルヴェットでも。もちろん、乗員も……」

「乗員は必要ない。スペース＝ジェットで充分だ」

「オーケイ、スペース＝ジェット一機だな」

ローダンにはわかっていた。なんのために搭載艇が必要なのか、たずねても意味がないと。いいたければ、トロト自身がいうだろう。

しかし、ハルト人がなにを考えているのか予想はつく……すくなくとも、その予想があたっていることを期待した。イホ・トロトが同族を訪ね、公会議種族に対する戦いにおいて銀河系諸種族を援助するよう、働きかけることを願う。

ローダンはハルト人について搭載艇格納庫まで行き、計画の成功を祈った。

「きっともどってくる」イホ・トロトは別れの挨拶をし、スペース＝ジェットをスタートさせた。宇宙空間に飛びだし、必要な速度に達すると、リニア・エンジンのスイッチをいれる。数分間のリニア飛行のあと、あらかじめプログラムしてあったオートパイロットにより、通常飛行に切りかわった。

イホ・トロトはただちに通信インパルスをキャッチ。ルラトン・ペルラトが宇宙船から発したものだ。トロトはポジション表示にしたがい、ハルト人の小型球型船に到着。外殻にスペース＝ジェットを係留し、乗りうつった。

「トロトス！」

「ペルラトス！」

　今回の挨拶は前ほどはげしくない。グレインセン・トストのほうはハルト船の迎えで帰郷していた。トロトはそれを知っていたのだ。

「そちらからこの集合ポジションに呼びだすとは、どういう問題ですかな、トロトス？」と、ペルラトがたずねる。

「われわれ、いまはもっぱら観察者の役割だから」と、トロト。「この間に、銀河系の運命に影響しないことがらをかたづける時間がある。とはいえ、当事者にとっては切迫したものだが」

「どのように切迫しているので、トロトス？」と、ペルラト。

「わたしはもう高齢だ、ペルラト。おおいに活動し、満ちたりた人生だった。不平をいう理由はない。時間を充分に役だてることができた」

「まだ先は長いと思いますが……」

「きみが考えるほどではない、ペルラトス。わたしくらい高齢になれば、時間が恐ろしく早くすぎていく。たっぷり考えたすえ、それに対してことを起こすことにしたのだ。老化プロセスを阻止する可能性がひとつある。チャンスは四倍。わたしはこの可能性を利用すると決めた」

あとがきにかえて

渡辺広佐

二月上旬、小田原市の曽我梅林に出かけたときのこと。曽我兄弟の菩提寺である城前《じょうぜん》寺《じ》に高浜虚子の句碑があった。

宗我神社曽我村役場梅の中

うーん、虚子でなければ没だな。俳句歴一年少々の私は瞬時にそう思い、おまけに次のような句を作り、やや得意であった。

梅の中虚子も凡句を詠みにけり

しかし、虚子のこの句、何度も口にしていると、名句とはいえないにしろ、そう悪くないのかもしれないと思うようになった。あるいは、私が優柔不断で、虚子という名前の大きさに負けてきたのかもしれない。ともあれ、たった十七字と短いぶん、俳句の評価はむずかしい。

昨春、高校の同期十数名で花見の余興に歌会をやったことは前回の「あとがきにかえて」で紹介した。今春は靖国神社で夜桜見物をしたあと、神田神保町の〈吉野鮨〉の二階を借りて句会をやろうということになった。前回、歌会の審査をしたT君と、大賞に選ばれた私が、四十数句集まったなかから、それぞれ三句ずつ選び、そこから大賞を決めることになった。

たまたま、ふたりが選んだ句が二句重なった。そこで、その二句から参加者の挙手で大賞を決めることにした。

散ってなお水面を染める桜花

（Y君）

靖国で伊予弁訛りの花見かな

（K君）

挙手の結果、僅差でY君の句が大賞に選ばれた。

後日、同期会幹事のK君から〈句会報告〉が送られてきた。じっくり鑑賞すると、ほかにもいい句がいくつもある。それにもかかわらずあの場では、T君と私が選んだ句が二句も重なった。そのあたりのところが不思議でならない。

最近、俳句は評価もむずかしいが、詠むのもむずかしいものだと思うようになった。最初の一年は、たいした数を詠んだわけではないが、わりに簡単に詠め、自分なりに満足できる句も詠めた（ような気がしていたもの）。

ところが二年目になると、去年と同じことを詠んでいる、しかも去年より不出来だと気づくことがままある。

そのためか、生来がなまけものであるせいか、ここのところ俳句を敬遠している。いや、正直にいうと、そう気づき、これではだめだと思い、レベルアップを図ろうと俳句の本を何冊か買い込んできた。そこまでは、良かったのだが……。

そのなかの一冊「俳句のある人生」（「くりま」文藝春秋増刊5月号）で外山滋比古氏が、

「俳句をやる人の平均寿命は、一般の人のそれと比べると約十年長いと言われていました」

と、書いていた。人並みに天寿をまっとうしたいと思いつつも、過度の長生きは人生最大のリスクとときおり口走ることのある私としては、躊躇せざるを得ない。このまま俳句をつづけていいものか、平均寿命より十年も長いのだぞ、それだけの覚悟はあるのか、と。

ま、これもスランプゆえの言い訳かもしれないが。

●編集部より：三七九巻『人類なき世界』前半11章に登場する「化身クレルマク」は、「具象クレルマク」とするべきでした。訂正して、お詫びいたします。以降は「具象クレルマク」とします。

アーサー・C・クラーク

海底牧場
高橋泰邦訳

不治の広所恐怖症のため、海で新たな人生を送ると決めた宇宙飛行士の姿を描く海洋SF

渇きの海
深町眞理子訳

月面上で地球からの観光客を満載したまま、砂塵の海ふかく沈没した観光船を救出せよ！

幼年期の終り
福島正実訳

突如地球に現われ、人類を管理する宇宙人の目的とは？　新たな道を歩む人類を描く傑作

白鹿亭綺譚
平井イサク訳

ロンドンのパブに集まる男たちが語る、荒唐無稽で奇怪千万な物語。巨匠のユーモアSF

天の向こう側
山高　昭訳

宇宙ステーションで働く人々の哀歓を謳いあげた表題作ほか、SFの神髄を伝える作品集

訳者略歴　1950年生，中央大学大学院博士課程修了，中央大学文学部講師　訳書『ドッペルゲンガーの陰謀』フランシス＆フォルツ（早川書房刊），『ファーブルの庭』アウアー他多数

HM=Hayakawa Mystery
SF=Science Fiction
JA=Japanese Author
NV=Novel
NF=Nonfiction
FT=Fantasy

宇宙英雄ローダン・シリーズ〈380〉

拠点惑星《きょてんわくせい》への使節《しせつ》

〈SF1763〉

二〇一〇年七月　十　日　印刷
二〇一〇年七月十五日　発行

（定価はカバーに表示してあります）

著者　クルト・マール　エルンスト・ヴルチェク
訳者　渡《わた》辺《なべ》広《ひろ》佐《すけ》
発行者　早川浩
発行所　株式会社 早川書房
郵便番号　一〇一－〇〇四六
東京都千代田区神田多町二ノ二
電話　〇三－三二五二－三一一一（大代表）
振替　〇〇一六〇－三－四七七九九
http://www.hayakawa-online.co.jp

印刷・信毎書籍印刷株式会社　製本・株式会社川島製本所
Printed and bound in Japan
ISBN978-4-15-011763-4 C0197